Carol Marinelli

El diablo se viste de Kolovsky

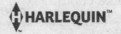

HARLEQUIN™

Editado por HARLEQUIN IBÉRICA, S.A.
Núñez de Balboa, 56
28001 Madrid

© 2011 Carol Marinelli
© 2014 Harlequin Ibérica, S.A.
El diablo se viste de Kolovsky, n.º 2294 - 12.3.14
Título original: The Devil Wears Kolovsky
Publicada originalmente por Mills & Boon®, Ltd., Londres.

I.S.B.N.: 978-84-687-3951-9
Depósito legal: M-36166-2013
Editor responsable: Luis Pugni
Fotomecánica: M.T. Color & Diseño, S.L. Las Rozas (Madrid)
Impresión en Black print CPI (Barcelona)
Fecha impresion para Argentina: 8.9.14
Distribuidor exclusivo para España: LOGISTA
Distribuidor para México: CODIPLYRSA
Distribuidores para Argentina: interior, BERTRAN, S.A.C. Vélez
Sársfield, 1950. Cap. Fed./ Buenos Aires y Gran Buenos Aires,
VACCARO SÁNCHEZ y Cía, S.A.

Capítulo 1

ZAKAHR Belenki eligió no ir a pie, aunque las oficinas de Casa Kolovsky solo estaban a un corto paseo del hotel que sería su hogar durante las próximas semanas.

También podría haber realizado el trayecto en helicóptero y de ese modo evitar a la prensa, pero llevaba mucho tiempo esperando aquel momento. Era el futuro que le había permitido superar una infancia infernal, y que finalmente se presentaba ante él.

Le dio instrucciones a su chófer para que tomase el camino más largo desde el hotel. La esbelta limusina de cristales ahumados atraía las miradas mientras recorría las elegantes calles de Melbourne hasta Casa Kolovsky. El edificio azul cerúleo con el logotipo dorado de Kolovsky le resultó familiar, pues sus tiendas eran conocidas en todo el mundo. Los escaparates exhibían con una elegante sencillez un gran ópalo rodeado de seda que destellaba a la luz de la mañana. Desde un punto de vista estético era hermoso, pero a Zakahr le revolvía el estómago.

–Sigue.

El chófer obedeció y unos momentos después se detuvieron frente a las oficinas de Casa Kolovsky.

Los periodistas lo esperaban con las cámaras preparadas, pero por una vez a Zakahr no le importó. No solo era inmensamente rico y atractivo, sino que se había relacionado con las mujeres más hermosas y famosas de Europa, y todas las revistas del corazón se hacían eco de su merecida fama de mujeriego.

Normalmente, Zakahr detestaba que invadieran su intimidad, pero en aquel lugar, al otro lado del mundo, y aquel momento, aquella mañana en particular, sonrió al pensar en los Kolovsky viendo las noticias mientras desayunaban.

Ojalá se atragantaran...

Al bajarse de la limusina fue recibido por una lluvia de flashes, preguntas y micrófonos apuntando a su boca.

¿Iba el magnate europeo a apropiarse de Casa Kolovsky? ¿O solo estaba allí para sustituir a Aleksi Kolovsky durante su luna de miel?

¿Le había gustado la boda?

¿Tenía alguna relación?

¿Estaba interesado en Kolovsky?

Aquella sí que era una buena pregunta, considerando que el icono de la moda mundial no era más que calderilla en una cartera como la de Belenki.

Zakahr no hizo ningún comentario, y tampoco lo haría después.

Muy pronto los hechos hablarían por sí mismos.

El sol le calentaba la nuca. Con unas gafas oscuras ocultando sus ojos grises, unos labios firmes y apretados y una expresión inescrutable, ofrecía una imagen imponente. Era más alto y ancho de espaldas que cualquiera de los periodistas congregados a su alrededor. Lucía un afeitado impecable y una tez blanca que contrastaba con sus cortos cabellos negros, pero a pesar del traje a medida, el carísimo reloj de pulsera y los zapatos de primera calidad, su impertérrita fachada dejaba traslucir un malestar que hizo que los periodistas se lo pensaran dos veces antes de atosigarlo. A ninguno le gustaría convertirse en blanco de su ira.

Atravesó la calle y subió los escalones, dejó atrás el enjambre de periodistas y empujó las puertas giratorias para entrar en el edificio.

Pensó en detenerse un momento para deleitarse con la situación. Finalmente todo aquello era suyo. Pero el logro no bastaba, sin embargo, para llenar su vacío interior. A Zakahr nada lo estimulaba más que un reto, y con aquella disposición había ido hasta allí, pero al revelarse su identidad le habían servido Casa Kolovsky en bandeja de plata.

Sintió la inquietud de todos cuantos lo rodeaban, pero nada podía afectarlo.

–Señor Belenki.

El seco y lacónico saludo lo siguió hasta el ascensor, en cuyo interior siguió sintiendo el mismo desasosiego mientras subía al piso donde estaba su despacho. Era como si una extraña inquietud emanase por los conductos del aire acondicionado e impregnara las paredes y moquetas. Todos tenían razones para estar nerviosos. La presencia de Zakahr Belenki en el edificio solo podía significar un cambio drástico en la empresa.

Nadie aparte de su familia sabía quién era realmente.

Recorrió velozmente el pasillo en dirección a su despacho. Sería la primera vez que lo pisara como jefe.

Abrió las pesadas puertas de madera dispuesto a reclamar su derecho de nacimiento, pero el momento triunfal quedó deslucido al recibirlo una oscuridad total. Frunció el ceño mientras encendía las luces, y lo que vio le hizo apretar la mandíbula... No había nadie para recibirlo, las persianas estaban bajadas y los ordenadores, apagados.

¿Pensaban tal vez los Kolovsky que tenían la última palabra?

Aleksi se había casado el fin de semana anterior con su asistente personal, Kate, pero le había asegurado a Zakahr que se había pasado las últimas semanas preparando a su sustituta. El problema era que allí no había ni un alma.

Agarró el teléfono de la mesa más cercana para llamar a recepción y exigir que enviaran a alguien de inmediato, pero en ese instante volvió a abrirse la puerta y Zakahr se quedó clavado en el sitio al ver entrar a una despampanante rubia con un gran vaso de café. Pasó a su lado y dejó el café en una mesa.

—Siento llegar tarde —se disculpó mientras se quitaba la chaqueta y encendía el ordenador—. Soy Lavinia.

—Lo sé —respondió Zakahr. La había visto en la boda de su hermano, y era un rostro que no podría pasar desapercibido. Tenía unos grandes ojos azules y una melena rubia que le conferían una belleza suave y al mismo tiempo glamurosa, a pesar de que su aspecto distaba mucho del que había lucido en la boda. Sus ojeras y expresión cansada sugerían que estaba más lista para irse a la cama que para trabajar.

—¿Así es como pretendes causar una buena impresión? –le preguntó Zakahr, acostumbrado a las secretarias y empleadas bonitas, bien educadas y escrupulosamente discretas. No como aquel torbellino rubio que irrumpía en la oficina y que sacaba un enorme espejo del cajón para maquillarse en la mesa.

–Dame cinco minutos –respondió ella mientras se aplicaba una crema de base y hacía desaparecer habilidosamente las ojeras–, y enseguida te doy una buena impresión.

Zakahr no podía creerse semejante osadía.

–¿Dónde está la secretaria?

–Se casó el sábado –repuso Lavinia, terminando la frase con una risita. Su respuesta debía de parecerle graciosa, ya que Zakahr había estado en la boda–. La sustituta se marchó llorando el viernes y dijo que nunca más volvería.

No estaba dispuesta a pintarle la situación de rosa. Casa Kolovsky se encontraba sumida en el caos desde que se supo que Zakahr Belenki iba a hacerse cargo de la empresa, y si aquel hombre pensaba que podía llegar a la oficina y encontrárselo todo en orden estaba muy equivocado.

Lavinia sabía que lo estaba haciendo enfadar al maquillarse, pero no le quedaba más remedio. En menos de una hora saldrían para el aeropuerto y era crucial que ella tuviese un aspecto decente.

–¿Kate se dedicaba a maquillarse cuando estaba en la oficina? –le preguntó él sin disimular su irritación.

–A Kate no se la contrató precisamente por su aspecto –respondió Lavinia.

Zakahr detectó el sarcasmo y reprimió una sonrisa.

Kate era todo lo contrario de Lavinia, quien debía de estar retorciéndose de envidia por que una mujer con unos kilos de más, insípida y madre soltera hubiera conseguido echarle el lazo a Aleksi Kolovsky.

–Kate debe de tener otras virtudes más importantes –señaló, y no pudo resistirse a añadir algo más–: ¡Al fin y al cabo, se ha casado con el jefe!

La brocha del colorete se detuvo un instante sobre la mejilla.

–¿Dónde está tu personal? –le preguntó Lavinia, mirando con el ceño fruncido por encima del hombro.

–Por desgracia para mí, tú eres mi personal.

–¿No has traído a nadie contigo? –su asombro era evidente. Y no le faltaba razón. Zakahr Belenki tenía negocios por toda Europa y su equipo se encargaba de inyectar enormes cantidades de dinero en las empresas con problemas económicos para mantenerlas a flote. Casa Kolovsky no se encontraba en una situación precaria, ni mucho menos, y aunque Lavinia sabía que Zakahr estaba allí por motivos personales, le resultaba impensable que se hubiera presentado en la oficina él solo–. ¿Y tu equipo?

El personal de Zakahr se había quedado perplejo cuando él les comunicó que pensaba ir a Australia sin ellos. Todos daban por hecho que estaba evaluando la viabilidad y el potencial de alguna empresa, y para ese cometido siempre contaba con su equipo de confianza. Pero Zakahr era un líder y como tal no podía dar la menor muestra de debilidad. Kolovsky era su única debilidad y él no iba explicarle a su equipo los motivos personales de aquel viaje. Ni tampoco a Lavinia. En vez de eso, le pidió que le llevara café y se metió en su despacho, cerrando con un fuerte portazo.

Lavinia había trabajado para Levander y Aleksi Kolovsky, por lo que era inmune a los portazos.

Sentada ante su mesa, lo único que quería era cerrar los ojos y dormir. No había causado muy buena impresión al llegar tarde, pero si Zakahr se hubiera molestado en preguntárselo le habría contado el motivo. El fin de semana había sido un auténtico infierno, y lo peor no había sido la boda.

El viernes los servicios sociales se habían hecho cargo por fin de su hermanastra, y aunque para Lavinia suponía un alivio inmenso no todo había sido tan rápido como esperaba. En vez de dejarla a su cargo, habían llevado a Rachael a un hogar de acogida temporal y estaban analizando la situación.

Lavinia se había pasado tres noches en vela pensando en el futuro de Rachael y en cómo debía de sentirse la pequeña en un hogar extraño, durmiendo en una cama extraña y rodeada de gente extraña.

No podía hacer más por ella y sabía que, al menos, la niña estaba sana y salva, pero aun así era una tortura estar en aquella oficina. Si hubiera sido cualquier otro día habría llamado para decir que estaba enferma.

Pero ¿llamar a quién?

La secretaria a la que Kate había preparado había tirado la toalla la víspera de la boda. Aleksi estaba en su luna de miel. Los otros hermanos Kolovsky se habían desentendido por completo de todo lo relativo a la empresa. Y Nina, la pobre Nina, estaba ingresada en un psiquiátrico desde que descubrió quién era Zakahr Belenki.

Las autoridades estaban examinando a fondo las aptitudes de Lavinia para ser madre adoptiva, por lo que necesitaba un trabajo fijo más que nunca. De manera que, en vez de no presentarse, se había duchado y vestido con la ropa preparada la noche anterior: una camisa oscura y un traje negro de falda bastante corta. Se había puesto sus zapatos de tacón favoritos, también negros, y había conseguido llegar a la oficina con tan solo cinco minutos de retraso... o mejor dicho, con cuarenta y cinco minutos de adelanto, ya que casi todas las oficinas abrían a las nueve. Un detalle que Zakahr Belenki ni se molestaba en tener en cuenta.

Le sacó la lengua a la puerta cerrada.

Era más arrogante que todos sus hermanos juntos. Y ella sabía quién era. A pesar de su apellido, sabía que era un Kolovsky, el hijo secreto de Nina e Ivan.

Una vez satisfecha con el maquillaje, repasó la agenda del día en el ordenador. Había tenido muchos desencuentros con Kate, la exsecretaria y flamante esposa de Aleksi, pero en esos momentos la echaba de menos más que nunca.

Lavinia era una secretaria eficiente, pero sabía muy bien que la habían contratado por su aspecto. El atractivo físico jugaba un papel primordial en la empresa Kolovsky. En la actualidad, sin embargo, el equipo que Ivan había formado había sido desmantelado desde su muerte, y eso, unido al hecho de que Zakahr no hubiera llevado consigo a su impresionante equipo, dejaba a Lavinia con una enorme responsabilidad.

Lo cual no debería importarle.

Lavinia era muy consciente de que muchos subalternos estarían encantados de cederle sus secretarias a Zakahr. ¿Quién en aquel edificio no querría una ruta directa al nuevo y enigmático jefe?

Ella. No deseaba estar allí, pero le gustara o no, tenía que asegurar la buena marcha de la empresa hasta que Zakahr comprendiera los complicados mecanismos de la misma. La gente podría acusarla de tener delirios de grandeza... ¡Como si la todopoderosa Casa Kolovsky necesitara su ayuda para salir adelante! Pero los pequeños detalles también importaban, y sin ella no podrían resolverse.

Apoyó la cabeza en la mesa y cerró los ojos.

Descansaría un minuto y se pondría a trabajar.

Un minuto, tan solo. Entonces se levantaría, dibujaría una sonrisa en el rostro y prepararía café para ambos. Tal vez Zakahr y ella pudieran empezar de cero.

Solo un minuto...

–¡Lavinia!

Dio un respingo en la silla.

Era justo lo que Zakahr pretendía, después de haberla avisado por el interfono, haberla llamado a gritos un par de veces y haberla sorprendido durmiendo en la mesa.

Lavinia se despertó al oír su voz tras ella, sintió la furia que emanaba su presencia, tan intensa como la embriagadora fragancia de su colonia, y estuvo tentada de agarrar su bolso e irse a casa en vez de seguir las órdenes de Zakahr.

–¿Podríais tú y tu resaca venir a mi despacho?

Capítulo 2

LAVINIA deseó que se la tragara la tierra.
Durante un minuto permaneció sentada ante su mesa, roja de vergüenza, antes de poder pensar siquiera en ir al despacho de Zakahr.

Su primer día en la oficina y su nuevo jefe la había sorprendido durmiendo en la mesa. Estaba acostumbrada a recobrar rápidamente la compostura, pero en esa ocasión ni siquiera intentó sonreír.

–Lo siento, Zak... –se le quebró la voz cuando entró en el despacho y él le indicó que se sentara. Estaba hablando por teléfono, en ruso, y aunque Lavinia no entendía ni una sola palabra podía suponer que no estaba siendo precisamente halagador.

La voz de Zakahr era grave y profunda, y no le hacía falta gritar para transmitir seguridad y convicción. Era increíblemente atractivo, al igual que sus hermanos.

O incluso más. Como si Dios, no contento con hacerlo perfecto, hubiera seguido esmerándose en su obra. La belleza física de Zakahr era digna de un examen exhaustivo, y Lavinia lo examinó igual que haría con las fotos de un modelo recién llegado a la empresa.

Sus rasgos ofrecían una extraña y perfecta simetría, con unos pómulos marcados y una nariz romana que harían las delicias de un fotógrafo. O mejor dicho, la pesadilla, porque Lavinia no se lo imaginaba posando para una sesión de fotos. Sus ojos, grises y penetrantes, no reflejaban la menor condescendencia ni permitían adivinar su naturaleza. Normalmente Lavinia no tenía problemas para psicoanalizar a las personas, pero con Zakahr era imposible.

Él le sostuvo la mirada mientras colgaba el teléfono, y Lavinia sintió que le ardían las mejillas. Muy rara vez era ella la primera en desviar la mirada.

–Quiero pedirte disculpas... –dijo, rompiendo un silencio que solo debía de parecerle incómodo a ella–. Anoche apenas pude pegar ojo y...

–¿Estás preparada para trabajar? –le preguntó él con voz cortante, sin atender a las excusas–. ¿Sí o no?

–Sí –respondió, molesta por no poder explicarse.

Él se levantó, dejándola a ella sentada, y se puso a preparar el café, pues no podía confiar en que lo hiciese ella. En realidad, era él quien estaba sufriendo una resaca espantosa. La boda de Aleksi había sido un infierno. Había cumplido con su papel junto al hombre que había intentado hacer lo mismo por él, pero en cuanto le fue posible se había largado de allí, lejos de la mujer a la que despreciaba con toda su alma.

Durante la ceremonia se había esforzado por no mirar a Nina, su madre biológica, para intentar demostrarle su más absoluta indiferencia. Todo lo contrario que ella, quien había ingresado en un psiquiátrico al descubrir que Zakahr era su hijo.

«Siembra y recogerás», había aprendido de niño. Debería alegrarse de que Nina estuviera hospitalizada y que fuera él quien dirigiese el imperio de sus padres. Pero el día anterior, en vez de saborear el momento, se había pasado un largo rato sentado en un taxi frente al hospital, intentando reunir el valor para entrar.

Eran muchas las cosas que necesitaba decirle a Nina y que ella se merecía escuchar, pero al enterarse de lo enferma que estaba no se sintió capaz de aumentar su sufrimiento. Le dijo al taxista que lo llevara al casino y se consoló con la certeza de que muy pronto, si así lo deseara, podría borrar el nombre de Casa Kolovsky y fingir que nunca había existido, como sus padres habían hecho con él. Durante varias horas intentó abstraerse entre las mesas de juego y las mujeres más despampanantes, pero no logró que nada ni nadie le despertase interés y pasó la noche en el hotel, ahogando las emociones en brandy.

Y aquella mañana era él y no su secretaria quien estaba haciendo el café...

Le ofreció una taza y ella hizo una mueca de asco al probarlo, quejándose de lo azucarado que estaba.

Tendría que despedirla en el acto, pensó Zakahr.

Decirle que se largara de allí inmediatamente.

Por desgracia, a pesar de ser una incompetente y no haber peor secretaria en el mundo que ella, Zakahr la necesitaba. Aleksi le había dado, de muy mala gana, una contraseña para acceder a todo el sistema informático, pero para ello antes tenía que iniciar sesión en el ordenador.

–¿Cuál es la contraseña para el ordenador?

–HoK. «O» minúscula –aclaró cuando a Zakahr no le funcionó el primer intento.

–Quiero dirigirme a todo el mundo esta mañana –dijo él–. Luego quiero una entrevista de quince minutos con cada uno, desde el diseñador jefe hasta las limpiadoras. Quiero tener al primero en mi despacho después de comer. Encárgate de coordinarlo todo, consígueme el historial laboral de cada uno y...

–Imposible –declaró ella, y por la expresión de Zakahr supuso que no estaba acostumbrado a que lo contradijeran–. Hoy recibimos la visita de alguien importante... La hija del rey Abdullah. Viene para una prueba.

–¿Y?

–Todos los meses nos visita alguna novia famosa, y es menester que un Kolovsky la reciba en el aeropuerto y la traiga aquí.

–¿Aquí? ¿Por qué no a un hotel?

–Porque este es el momento con el que ella siempre ha soñado –Zakahr era demasiado masculino para entenderlo–. Una personalidad que viaja en un avión privado espera que alguien importante la reciba en el aeropuerto.

–Que vaya el diseñador –decidió Zakahr, pero la rígida postura de Lavinia lo hizo cambiar de opinión–. De acuerdo, ve tú... si es necesario.

–Como anfitrión, tendrás que invitarla a cenar dentro de unos días, y, si su estancia resulta satisfactoria, su familia te devolverá la invitación poco después –frunció el ceño–. Sí, creo que así es como funciona. Al cabo de unos cuantos días ella te invitará a cenar para agradecerle a Kolovsky su hospitalidad.

Estará aquí un par de semanas, ya que para la boda solo quedan dos meses –vio que él fruncía el ceño–. Jasmine ha de hacer muchos viajes y los hace todos a la vez.

–Que se ocupen los diseñadores.

–Los diseñadores están muy ocupados con sus diseños –arguyó ella con una mueca de impaciencia.

–Tengo cosas más importantes que hacer que recibir a una princesa mimada en el aeropuerto.

–Muy bien, pues lo haré yo –Lavinia se giró para marcharse, pero luego cambió de opinión–. Estas cosas son importantes, Zakahr –él estaba concentrado en el monitor y no se molestó en alzar la vista–. Se trata del día más importante de la vida de la princesa que ha depositado su confianza en nosotros. ¡Es su boda!

Aquel concepto no parecía tener el menor significado para Zakahr, pero para Lavinia sí que lo tenía.

–En estos momentos ya tengo demasiadas preocupaciones en mi vida, Zakahr. Y para tu información, si he venido corriendo a la oficina no ha sido por enterarme de que llegaba el nuevo jefe de la empresa, ni me he maquillado a toda prisa en mi mesa para tratar de impresionarte... Estoy aquí porque sabía que alguien debe ir a recibir a la princesa. No se me da bien tratar con visitantes ilustres, y a Kate no le gustaba nada que me ocupara yo de estas cosas. Tiendo a olvidarme del protocolo, hablo más de la cuenta o muestro las suelas de mis zapatos. Pero hoy he venido para hacer lo que se espera de esta empresa. Kolovsky se dedica a hacer los trajes más exclusivos para las mujeres más hermosas... ¡Especialmente trajes de novia!

Zakahr permaneció sentado. No necesitaba que una secretaria con resaca le dijera cómo funcionaban las cosas en la empresa. Aquella mujer era una extraña mezcla de contradicciones. Desorganizada y caótica, pero al mismo tiempo meticulosa y concienzuda. Y, sobre todo, descarada.

–Como quieras –dijo ella–. Iré yo.

Pero antes tenía que hacer una llamada...

Comprobó el horario del vuelo de la princesa, se cercioró de que los coches estuvieran listos y esperó impacientemente a que dieran las nueve para marcar un número en el teléfono.

La señorita Hewitt, la trabajadora social que se encargaba de Rachael, le respondió en un tono excesivamente irritado.

–Hablé contigo el viernes. No puedes estar llamando todos los días para preguntar por ella. No eres su pariente más cercano.

–Pero intento serlo –replicó Lavinia, tratando de mantener la calma. No le convenía enemistarse con aquellos funcionarios–. Solo quiero saber si está bien y preguntar cuándo puedo verla.

–El padre de Rachael la visita el miércoles por la noche y el domingo. Y no es bueno para Rachael recibir tantas visitas.

–Es mi hermanastra. ¿Cómo puede ser malo que nos veamos?

–Hablaré con su familia de acogida y veré qué podemos hacer.

–¿Eso es todo? ¿Puede darme al menos un número para llamarla?

–Nosotros nos pondremos en contacto contigo si

es necesario —insistió la señorita Hewitt, quien obviamente no iba a dar su brazo a torcer—. Intentaré organizar una visita.

Lavinia se obligó a darle las gracias, colgó el teléfono y se tapó la cara con las manos. Los trámites burocráticos la sacaban de quicio y no podía soportar lo que estaba viviendo Rachael, sabiendo que Kevin, el padre de Rachael, estaba haciendo lo posible por apartarla de la pequeña. Afortunadamente, Lavinia estaba en el trabajo, porque de lo contrario se habría plantado delante del jardín de infancia para esperar a la niña, lo que hubiera tenido consecuencias nefastas. Tenía que conservar la calma y aceptar que el proceso sería lento.

—Lamento importunarte con cosas del trabajo...

Levantó la cabeza al oír las sarcásticas palabras de su jefe. Zakahr le estaba tendiendo la chaqueta, y ella ni siquiera se molestó en dar explicaciones. Se puso la chaqueta y salió de la oficina, intentando concentrarse en el trabajo. Debía mostrarse alegre y extrovertida, fueran cuales fueran sus problemas personales.

Una enorme limusina los esperaba en la puerta trasera para llevarlos al aeropuerto, seguida por otra similar para acomodar al séquito real. Durante el trayecto, Lavinia puso al corriente a Zakahr de los detalles sobre la princesa. Incluso el imperturbable Zakahr abrió los ojos como platos al enterarse de lo que al rey Abdullah le costaría el traje de novia y los vestidos para las damas de honor.

Para Zakahr era un alivio salir de la oficina y alejarse del olor a Kolovsky. Por primera vez desde que se hizo cargo de la empresa lo asaltó la sombra de la duda. Se había dado un mes para tomar una decisión, pero empezaba a preguntarse si aguantaría una semana.

Durante años había observado desde lejos Casa Kolovsky, y la había investigado a fondo. A Levander, el hijo bastardo de Ivan, lo habían sacado de Rusia siendo un adolescente para acogerlo con los brazos abiertos en la familia. El caso de Riminic, el primogénito de Nina e Ivan, fue muy distinto. Le habían puesto Riminic Ivan Kolovsky, como mandaba la tradición rusa: Riminic, hijo de Ivan. Con solo dos días lo habían llevado al Detsky Dom. Había orfanatos buenos, pero no aquel. El apellido Kolovsky solo le inspiraba a Zakahr un odio mortal.

A los trece años dejó el orfanato y sobrevivió como pudo en las calles, hasta que con diecisiete años se le ofreció la oportunidad de cambiar de vida, con alojamiento y acceso a un ordenador. Cambió su nombre de nacimiento y se marcó un objetivo prioritario: la venganza.

Como se rumoreaba que Levander había sido criado en el Detsky Dom, Casa Kolovsky no tardó en desarrollar una fuerte conciencia social e invirtió grandes sumas de dinero en orfanatos y programas de ayuda para niños vagabundos.

Zakahr lo había estado haciendo desde que cobró su primer sueldo. Y así consiguió encontrarse cara a cara con su madre biológica. Nina había organizado un baile benéfico, y Zakahr asistió como ponente para contarles a los distinguidos invitados cómo había sido su infancia en un orfanato y su adolescencia en las calles. Nina estuvo bebiendo champán mientras lo escuchaba, sin sospechar que se trataba de su hijo.

—No se trata tan solo de un vestido.

La voz de Lavinia lo sacó de sus recuerdos. Seguramente llevaba varios minutos hablando sin que él oyera una sola palabra.

—Se trata de encontrar el color y el estilo adecuados para realzar su figura y su personalidad. Por eso ha acudido a nosotros. Durante los próximos días la princesa será el centro exclusivo de nuestros diseñadores. Hay que ocuparse de todos los detalles mientras esté aquí. El equipo seguirá en contacto con ella después, naturalmente, y una semana antes de la boda viajarán a su país para prepararlo todo. Lo único que tendrá que hacer la princesa será esbozar una bonita sonrisa.

—¿Y de cuántas bodas tenemos que ocuparnos? —quiso saber Zakahr.

—De una o a veces dos al mes —al ver que el rostro de él se ensombrecía no pudo resistirse a provocarlo—. Vas a estar muy ocupado con la primavera que se avecina en Europa.

—Genial —murmuró él. Estaba claro que las bodas no eran lo suyo.

Se quedaron en silencio. El interior de la limusina era tan cálido y cómodo que Lavinia cedió al cansancio y se recostó en el exquisito asiento de cuero. Ya no estaba en el despacho, de modo que hizo lo que habría hecho con cualquiera de sus exjefes y cerró los ojos.

Zakahr no pudo por menos que admirar su naturalidad. Hasta se sintió tentado de imitarla, tras otra noche en vela, pero en vez de eso aprovechó para observarla de cerca.

Era extraordinariamente bonita. ¿O sería más apropiado decir «atractiva»? Se había quitado los zapatos de tacón y tenía las rodillas juntas, exhibiendo sus esbeltas pantorrillas como un joven potrillo. Zakahr tenía mucho en qué pensar, pero necesitaba un momento de distracción y aquella mujer lo intrigaba. Deseaba saber más de ella.

—¿Cuánto tiempo llevas trabajando en Kolovsky?

—Dos años —respondió Lavinia sin abrir los ojos—. Empecé como modelo, pero Nina opinó que estaría mejor en los despachos —abrió un ojo—. Al parecer, no estoy lo bastante delgada para lucir los vestidos.

Zakahr se sorprendió. En su opinión, estaba extremadamente delgada, con una cintura que podría rodear con las manos, unas piernas largas y esbeltas y unas clavículas marcadas. Pero al parecer no conocía el mundo de la moda. Ni siquiera elegía él mismo su propia ropa.

—¿Qué hacías antes?

—Trabajaba de modelo, pero nada que se pudiera comparar con Kolovsky. No me siento muy orgullosa de aquella etapa.

Zakahr no dijo nada y ella se encogió de hombros.

—Me sirvió para pagar el alquiler.

Y para mucho más. Con dieciséis años, Lavinia se había convertido en la única que llevaba dinero a casa cuando su enfurecida madre la sacó de la escuela. Su intención era acabar los estudios e ir a la universidad, pues tenía talento para ello, y aunque

aún no sabía qué quería hacer exactamente en la vida
sí que sabía lo que no quería hacer.

Afortunadamente, no tardó en percatarse de que su
madre no tenía por qué saber cuántas propinas le daban. Durante dos años estuvo guardando el dinero en
su habitación, y al cumplir los dieciocho años se abrió
una cuenta bancaria y empezó a compaginar los estudios con el trabajo. Con veintidós años, seis meses
después de empezar a trabajar en Casa Kolovsky, se
presentó en el banco con el historial laboral de rigor,
sacó todo su dinero y se compró una pequeña y mo-
desta casa.

La casa que quería compartir con Rachael.

Al pensar en su hermana viviendo en una casa extraña, con una persona extraña vistiéndola aquella
misma mañana para ir al jardín de infancia, abrió los
ojos con un sobresalto y se encontró con la mirada
intensa y escrutadora de Zakahr. Él no se molestó en
disimular que la había estado observando, y, lejos de
incomodarla, su presencia le reportó a Lavinia una
extraña sensación de seguridad.

–Descansa –le dijo finalmente.

Pero Lavinia ya no podía descansar. Sentía una
imperiosa necesidad de romper el silencio, pero Zakahr se había girado para mirar por la ventanilla y su
expresión era inescrutable. Lavinia tuvo que morderse la lengua para no decirle que sabía quién era.

El trayecto duró media hora. Zakahr lo había hecho varias veces en los últimos meses, mientras se
infiltraba lentamente en la empresa. Y cada visita a
Australia aumentaba su rencor al descubrir con qué

lujo había vivido su familia mientras él tenía que valérselas por sí mismo.

—Nos estamos acercando.

Zakahr frunció el ceño.

—Al lugar del accidente de Aleksi —añadió Lavinia.

No había mucho que ver. Tan solo una larga cicatriz en el árbol donde se había empotrado el coche. Pero la imagen del lugar afectaba a Zakahr.

Un apurado Aleksi había intentado impedir que Zakahr se marchara tras dar su discurso en el baile benéfico, sin sospechar que aquel hombre de negocios era en realidad su hermano. Algo lo había impulsado a dirigirse a toda velocidad hacia el aeropuerto en mitad de la noche, con funestas consecuencias. A Zakahr nada conseguía conmoverlo, salvo el suplicio de Aleksi. Con siete años, Aleksi había descubierto que tenía no uno, sino dos hermanos en Rusia, y al exigirle a su padre que le contara la verdad Ivan le dio una brutal paliza para que se olvidara del asunto para siempre. Pero la verdad fue revelándose poco a poco.

Aleksi era el único miembro de la familia Kolovsky a quien Zakahr tenía en consideración.

—¿Hace mucho que lo conoces? —le preguntó Lavinia, pero Zakahr no respondió—. Me sorprendió que Iosef no fuera su padrino, siendo gemelos.

No había manera de hacerlo hablar. Parecía sentirse muy cómodo en silencio y ni siquiera intentó dar una respuesta evasiva.

—Cinco minutos, Lavinia —la avisó Eddie, el chófer.

Harta de soportar el silencio de su jefe, Lavinia abrió la pantalla divisoria y le preguntó a Eddie por su hija mientras sacaba el neceser de maquillaje.

–¡Solo faltan seis semanas! –exclamó Eddie.

–¿Estás nervioso? –le preguntó, antes de girarse hacia Zakahr–. Eddie va a ser abuelo.

El breve asentimiento de Zakahr daba a entender que no le interesaba en absoluto, pero Lavinia y Eddie siguieron charlando animadamente.

–Mi mujer no deja de hacer compras... ¡Tenemos una habitación llena de rosa!

–¡Entonces es una niña!

Lavinia parecía alborozada, y Zakahr la observó mientras se retocaba el maquillaje y se peinaba su larga melena rubia.

Ella sentía que la estaba observando. Percibió también su malestar y apartó la mirada del espejo.

–¿Qué pasa?

Él se encogió de hombros y desvió la mirada antes de responder.

–No me gusta la vanidad.

–Pues debería gustarte.

–¿Cómo dices?

–Según mis fuentes, has salido con muchas mujeres vanidosas.

–¿Tus fuentes? ¿Revistas de cinco dólares? –se burló él, pero no podía negar que estaba intrigado. La naturalidad y desfachatez de Lavinia resultaban tremendamente refrescantes–. ¿Siempre eres tan insolente con tu jefe?

–¿Te parece que soy insolente? –preguntó ella, y se quedó pensativa un momento–. En ese caso sí, supongo que lo soy. Si no lo fuera no duraría ni cinco minutos en este negocio –alzó la voz, visiblemente irritada–. En cuanto a ser vanidosa, te recuerdo que estoy trabajando. ¿O crees que a la princesa le gustaría que la recibieran en vaqueros y con el pelo enmarañado? –estaba realmente furiosa–. Y, por cierto, aunque según tus cálculos haya llegado cinco minutos tarde, en realidad he llegado a la oficina con cuarenta y cinco minutos de adelanto. Casi todo el mundo empieza a trabajar a las nueve. Y como este trabajo exige dar una buena imagen, eso es lo que procuro hacer –tapó el pintalabios justo cuando el chófer abría la puerta. Habiendo dicho lo que tenía que decir, sonrió y siguió cumpliendo con su deber–. ¡Vamos a recibir a la princesa!

Zakahr se había dado cuenta en la oficina de que sería extremadamente grosero por su parte no recibir a los invitados, por lo que debía estarle agradecido a su atolondrada secretaria por haber insistido. No solo los visitaba la princesa, sino también el rey. Bastaría una simple crítica de sus insignes invitados para hundir Casa Kolovsky. De modo que se puso en movimiento y les dispensó una bienvenida formal en la sala VIP, haciéndoles olvidar su decepción por no encontrar a Nina o a Aleksi.

De vuelta en la limusina, se fijó en que a Lavinia se le daban muy bien las relaciones públicas. Estuvo charlando con la tímida princesa y con su madre y muy pronto consiguió que se sintieran cómodas y relajadas. Y Zakahr tenía que admitir que el exceso de maquillaje estaba justificado, porque la familia real no esperaba menos que el glamour y la sofisticación que hacían famosa a Casa Kolovsky.

–El equipo está impaciente por conocerla –le estaba diciendo Lavinia a la princesa.

No se parecía en nada a la mujer pálida y demacrada que había llegado a la oficina aquella mañana. Se había transformado en una profesional de los pies a la cabeza, y fue ella quien abrió el camino mientras informaba en voz baja a Zakahr del protocolo a seguir.

—Ahora les presentaremos al equipo de diseño.

El rey permaneció en la limusina, con su séquito en el vehículo que los seguía, y los demás esperaron a que la comitiva real se hubiera alejado antes de entrar en el corazón del imperio Kolovsky.

—Gracias —le dijo a Lavinia una vez que dejaron a la princesa en las expertas manos de los diseñadores—. Habría sido impensable que no estuviera en el aeropuerto para recibir al rey.

—Lo sé —repuso ella—. Normalmente los hombres no vienen... ¡afortunadamente!

Zakahr estuvo a punto de sonreír, pero se contuvo y dejó que Lavinia le enseñara los trajes de boda, protegidos por vitrinas y artísticamente iluminados.

—Y este —le dijo, señalando el más importante de la colección— es el vestido que todas quieren. El traje de novia Kolovsky —él lo observó un momento—. Precioso, ¿verdad?

—Es un vestido —dijo Zakahr, y ella se echó a reír.

—¡Es el vestido! Se diseñó para la hija de Kolovsky, o para una de las novias de sus hijos... o al menos esa era la intención de Nina e Ivan —no advirtió como se endurecía la expresión de Zakahr—. Es el vestido con el que sueñan todas las mujeres —soltó un suspiro que empañó el cristal—. Yo fantaseaba con él mucho antes de verlo.

Zakahr no iba a quedarse allí, perdiendo el tiempo

con una cháchara inútil sobre los trajes de boda. Sin decir nada se alejó, pero ella lo alcanzó y siguió irritándolo con su incesante verborrea.

—Cuando me dormía soñaba con mi boda, y te juro que en mis sueños llevaba ese vestido.

—¿Te dormías soñando con tu boda? —le preguntó él en tono de mofa mientras subían en el ascensor.

—¡Tenía solo ocho años!

—¿Y ya no sueñas con esas cosas?

—A veces —admitió ella, ligeramente ruborizada—. Pero el despertador me devuelve al mundo real —le guiñó un ojo cuando se abrieron las puertas—. Cuando no lo desconecto...

¿Lo estaría provocando deliberadamente? Zakahr no lo sabía con seguridad, y eso lo molestaba. La actitud abierta y desenfadada de Lavinia resultaba muy atrayente, pero al mismo tiempo se rodeaba con una especie de muro invisible. Y ese efecto combinado lo intrigaba.

—Tenemos mucho que hacer —dijo al entrar en la oficina—. Mañana empezaremos con las entrevistas individuales, pero esta tarde quiero dirigirme a todo el mundo. Ocúpate de organizarlo todo con Recursos Humanos.

—No es posible. La gente ya tiene otros compromisos programados y...

—El que no se presente será despedido —la cortó él. No iba a aceptar ninguna excusa—. Haz lo que te digo.

—Pero...

—Pero nada. Ahora soy yo quien está al mando. Fuera cual fuera tu relación con tu último jefe, olvídala. Cuando digo que se haga algo se hace y punto.

–¿Qué día vamos a cenar con el rey?

–El miércoles. Pero yo no iré.

Lavinia sacudió la cabeza.

–Mis otros jefes solo me confiaban algún que otro viaje al aeropuerto, no...

–Pues vas a tener que ocuparte de algo más. Considéralo un ascenso.

–No lo quiero –respondió ella de inmediato. Le encantaba su trabajo, pero no quería desempeñar el cargo de Kate. Y no solo por no estar cualificada, sino por Rachael, sus estudios, Nina... Sus obligaciones no le dejaban tiempo para nada más.

–Se te pagará bien.

–No es por el dinero. Estoy ocupada.

–¿Demasiado ocupada para trabajar? No te estoy ofreciendo un ascenso... Te estoy diciendo que necesito una asistente personal. O lo aceptas o te atienes a las consecuencias.

–¿Vas a despedirme?

–Si no tengo una asistente, ¿qué sentido tiene contratar a su ayudante?

Lavinia se veía entre la espada y la pared. Pero en vez de humillarse con una súplica, le dedicó una radiante sonrisa y aceptó la derrota con elegancia.

–¡Enhorabuena!

–¿Perdón?

Le encantaba haberlo desconcertado.

–Me encantaría aceptar el puesto, Zakahr.

–Bien. Lleva tus cosas al despacho y cancela todos tus compromisos. Se acabó tu vida social. Desde este momento tu tiempo me pertenece.

Capítulo 3

NUNCA en su vida Lavinia había trabajado tanto en tan poco tiempo.

Primero tuvo que mandar decenas de e-mails y responder a otros tantos, hasta que decidió enviar uno a todo el personal con el asunto *¡OBLIGATORIO!* No obstante, consiguió que Zakahr consintiera, de mala gana, en excluir al equipo de diseño que trabajaba con la princesa Jasmine.

A continuación despejó el salón de actos de un grupo de irritables modelos y diseñadores que intentaban preparar una sesión de fotos para la más arisca de todas, Rula, una imponente pelirroja destinada a convertirse en el nuevo rostro de Kolovsky. Lavinia comprobó los altavoces y consiguió hacer en una hora lo que normalmente llevaría un día entero.

Volvió corriendo al despacho para recoger su bolso, pero Zakahr ni siquiera se molestó en darle las gracias por el trabajo bien hecho.

–Todo está en orden –le dijo ella, rociándose las muñecas con perfume–. Volveré antes de las dos.

–¿Volverás de dónde?

–Del almuerzo, ¿o acaso no tengo derecho a hacer una pausa para comer?

–Podemos trabajar mientras comemos –replicó él,

señalando el carrito lleno de exquisiteces que le habían llevado al despacho.

–No puedo, de verdad. Tengo una cita con el médico –se pasó una mano por el estómago y Zakahr apretó los labios en una mueca de disgusto–. Lo siento.

Salió del despacho sin esperar su reacción. Si Zakahr supiera adónde iba realmente se pondría hecho una furia y no dudaría en despedirla.

Pero no podía dejar de ir.

–Hola, Nina.

Nina no levantó la mirada, ni siquiera cuando Lavinia la abrazó. Estaba hablando consigo misma en ruso y su aspecto era lamentable. En solo dos días parecía haber envejecido diez años.

El día de la boda de su hijo le habían permitido abandonar el hospital para asistir a la ceremonia. Con la ayuda de Lavinia y un fabuloso vestido de Kolovsky, había conseguido aguantar hasta el final con una sonrisa en el rostro. Pero el esfuerzo había hecho estragos en ella. Tenía el pelo enmarañado, el esmalte descascarillado y ni rastro del maquillaje. Su elegante atuendo había sido reemplazado por un camisón del hospital, y Lavinia sabía que Nina, la auténtica Nina, no soportaría verse en aquel estado.

–Voy a arreglarte el pelo, Nina –le dijo mientras buscaba unos alisadores en la taquilla–. Y luego te haré la manicura.

Nina no respondió y siguió hablando en ruso mientras Lavinia la peinaba. Solo cuando Lavinia se sentó frente a ella para arreglarle las uñas empezó a hablar en inglés, repitiendo las mismas palabras de siempre.

–Me odia. Todos me odian...

–Yo no te odio, Nina –le dijo Lavinia, como llevaba haciendo desde que una terrible noticia se quedó para siempre grabada en su mente.

Tras recuperarse de su accidente, Aleksi se encontró con que Nina se había hecho cargo de la empresa. Se desató una encarnizada lucha por el control. Nina había seguido los consejos de Zakahr, quien desde lejos le hizo creer que obtendría inmensos beneficios. Pero Aleksi se empeñaba en advertir que esos consejos llevarían a Kolovsky a la ruina.

Entonces Zakahr se hizo con la empresa y se descubrió que era el hermano de Aleksi.

Lavinia nunca podría olvidar el momento en que Nina había descubierto que Zakahr era su hijo. Se había desplomado en el suelo al oír lo que Aleksi le contaba sobre Riminic, el niño que ella había abandonado, el sufrimiento que había padecido en el orfanato y posteriormente en las calles.

–Nunca me perdonarán –decía una y otra vez Nina.

–Tu familia solo necesita tiempo para asimilarlo –le aseguró Lavinia pacientemente–. Annika ha venido a verte y Aleksi te ha llamado en su luna de miel. También Levander te ha llamado desde Inglaterra, y Iosef te ha visitado.

–Todos están enfadados conmigo.

Lavinia respiró hondo y se concentró en pintar una uña. A veces no sabía qué decir.

–Necesitan tiempo.

–No tuve elección –declaró Nina, pero Lavinia no

se dejaría engañar. Estaba acostumbrada a las argucias de su madre, y en muchos aspectos Nina se comportaba de la misma forma.

—Siempre hay elección. Puede que en su día pensaras que era la mejor decisión posible.

—Tendría que haberlo buscado —insistió Nina, y Lavinia, quien jamás lloraba, sintió que se le llenaban los ojos de lágrimas.

Las uñas en las que intentaba concentrarse se tornaron borrosas y por unos segundos fue incapaz de articular palabra. Sí, Nina tendría que haber buscado a su hijo cuando la familia tenía todos los medios a su alcance. En aquel momento comprendió finalmente que el hombre taciturno y huraño que había conocido aquella mañana era efectivamente el niño al que Nina había abandonado.

—¿Por qué no lo hiciste? —le preguntó sin poder contenerse—. ¿Por qué ni siquiera lo intentaste?

—Todo el mundo me despreció cuando Levander vino a Australia... cuando descubrieron que yo sabía que su madre había muerto y que Levander se había criado en el orfanato Detsky Dom.

Lavinia se sopló el flequillo. Los rumores que apuntaban a que Nina lo había sabido todo desde el principio se vieron, para horror de Lavinia, confirmados.

—Levander no era de mi sangre, y aun así me odiaron. Si hubieran sabido que también había abandonado a mi hijo... No podría soportarlo.

—Pues tendrás que hacerlo —le dijo Lavinia, invadida por una furia ciega—. Tendrás que aceptar la verdad.

—¿Riminic pregunta por mí?

–Nina... –Lavinia sacudió la cabeza con exasperación–, él no sospecha que yo sé quién es. Para mí es Zakahr Belenki, un empresario con el que Kolovsky estaba negociando y que se ha hecho con el control de la empresa ahora que Aleksi se dedica a la moda de Krasavitsa y que tú no te encuentras bien. Eso es todo lo que él cree que yo sé.

–Es muy guapo, ¿verdad? ¿Cómo no pude ver que se trataba de mi hijo? ¿Cómo pude mirarlo a los ojos y no reconocerlo?

–Puede que tuvieras miedo de reconocerlo –sugirió Lavinia, mirando el reloj de pared. No quería marcharse justo cuando Nina estaba más comunicativa, pero no le quedaba más remedio–. Tengo que irme, Nina.

Y en aquel momento, en medio de su desolación, Nina tuvo un destello de memoria.

–¿Cómo está tu hermana?

Lavinia pensó si contárselo o no. Siempre había confiado en Nina, pero no le parecía el momento más oportuno.

–Muy bien.

–¿Le gusta el jardín de infancia?

–Sí –respondió Lavinia, pensando en el serio rostro de Rachael, una niña ultrarreservada que rara vez sonreía. Le recordaba a Zakahr.

–Sigue peleando por ella –Nina le acarició la mejilla a Lavinia. Podía ser una mujer extraordinariamente amable y compasiva, a pesar de todo el daño que había hecho–. Dale recuerdos.

–Lo haré –Lavinia se levantó–. Será mejor que regrese.

Realmente debía darse prisa en regresar a la oficina, pues el descanso para almorzar no era tiempo suficiente para ir al hospital.

–¿Cómo ha ido la visita al médico? –le preguntó Zakahr cuando se encontraron en el ascensor.

–No muy bien –respondió con una mueca de dolor, pero, en vez de disgustarse con ella, Zakahr sintió ganas de reírse. Lavinia era toda una actriz.

–Pobrecita –le dijo con sarcasmo, o al menos eso le pareció a Lavinia. No podía estar segura de nada en lo que se refería a aquel hombre. Llevaba desconcertándola toda la mañana... de un modo que muy pocos hombres podían hacer.

Pero no iba a dejarse intimidar. Por mucho que aquellos ojos la traspasaran despiadadamente y le aceleraran el pulso. El descenso de diez segundos en ascensor al salón de actos le pareció insoportablemente largo. Y cuando las puertas se abrieron se olvidó de salir.

–Después de ti –le dijo Zakahr cuando ella permaneció inmóvil.

Zakahr no conocía el camino hasta la entrada del escenario, de modo que Lavinia tuvo que ir delante y sentir su turbadora presencia a sus espaldas.

–Espero que todo esté en orden –se detuvo un instante para que él se pusiera a su lado e intentó entablar conversación, pero Zakahr se mantuvo tan callado como siempre.

Lavinia estaba impresionada por lo que había conseguido, y un poco de reconocimiento por parte del jefe no habría estado de más. Todo el personal había sido reunido en el salón de actos, pero en aquella

ocasión la estrella del espectáculo no eran las modelos exhibiendo la colección de la nueva temporada,
sino Zakahr Belenki.

No estaba nervioso en absoluto, apoyado en la pared entre bastidores como si estuviera esperando el
autobús, leyendo los mensajes en su móvil mientras
el responsable de Recursos Humanos lo presentaba a
una inquieta audiencia que esperaba a oír su destino.
Incluso Lavinia tenía mariposas en el estómago.

–Espera un momento –levantó una mano para ajustarle la corbata, igual que habría hecho con Aleksi o
con Nina, si a esta se le hubiera asomado un tirante
por el hombro. Pero nada más tocar a Zakahr se arre-
pintió de haberlo hecho. El gesto, simple e instintivo,
se volvió terriblemente complicado al sentir la piel
de Zakahr bajo los dedos y aspirar su poderosa fragancia varonil.

Él la agarró por la muñeca cuando se disponía a
alisarle el cuello de la camisa.

–¿Qué haces? –no le gustaba tocar ni que lo toca-
ran. Rechazaba el tonteo y los tocamientos innecesa-
rios, pero Lavinia parecía una experta en ambas cosas.

–¡Lo siento! –la reacción de Zakahr la confundió,
porque su intención no había sido nada insinuante–.
Es la costumbre –le explicó, pero la voz le salió más
aguda de lo normal y se le formó un doloroso nudo
en el pecho cuando los ojos de Zakahr la recorrieron
de arriba abajo. Le soltó la muñeca, pero en vez de
dejar caer la mano al costado se la deslizó alrededor
de la nuca.

Por unos instantes se quedó paralizada, y llegó a

pensar que iba a besarla. Pero él descendió con los dedos hasta la etiqueta oculta bajo el pelo y le dedicó una sonrisa burlona. Lavinia detectó la advertencia y algo más... El peligro que palpitaba bajo la serena fachada de Zakahr.

–Así está mejor –dijo él, con la mano todavía en su nuca–. Me estaba molestando a la vista.

–Yo solo... –Lavinia intentó explicarle otra vez que solo quería ajustarle la corbata, pero se le quebró la voz al sacudir Zakahr la cabeza.

–¡Nada de juegos! Porque no sabes con quién estás jugando.

La sala empezó a aplaudir. Zakahr salió al escenario y Lavinia se quedó entre bambalinas, aturdida y con la piel del cuello ardiéndole, sin saber muy bien qué acababa de ocurrir.

Y entonces él sonrió, y fue como si un rayo de sol barriera la sala.

Sus ojos grises miraron a cada uno de los asistentes, y antes de abrir la boca ya se había ganado a la audiencia.

–Sé que hoy todos estáis con miedo y dudas –su acento sonaba mucho más pronunciado por los altavoces–. No puedo acabar con las dudas, pero sí que espero aliviar vuestros temores.

Y así lo hizo.

Dijo que todo el mundo tenía voz en la empresa y que escucharía a cada uno. Su intención era que Casa Kolovsky siguiera prosperando, y añadió que estaba impaciente por conocer a su personal.

Todos sonrieron con alivio, salvo Lavinia. Tampoco alcanzaba a seguir el discurso de Zakahr, porque sus palabras anteriores seguían resonándole en los oídos.

«No sabes con quién estás jugando».

Pero sí que lo sabía.

Riminic Ivan Kolovsky, un hombre sin la menor lealtad hacia la empresa, un hombre que había alimentado el odio desde la cuna, un hombre que le había dejado muy claro que no se acercara a él.

Lavinia no confiaba en él. Ni siquiera estaba segura de que le gustara. Y además estaba fuera de su alcance. Pero mientras se tocaba la nuca y sentía la huella de sus dedos, se preguntó por qué deseaba tanto conocerlo mejor.

Capítulo 4

SERÍA imposible trabajar para alguien con menos ganas de divertirse.

Con Zakahr todo se reducía al trabajo... después de pasar otra noche en vela.

No solo era ya Rachael la que le quitaba el sueño, sino también el incidente con Zakahr. Ella no había intentado coquetear con él, se repetía indignadamente una y otra vez en la cama. ¿O quizá sí? Le ardían las mejillas al recordar el gesto, aparentemente inocente, y los cálidos dedos de Zakahr en su nuca.

Había llegado temprano al trabajo, pero Zakahr se le había vuelto a adelantar. Ni siquiera la miró cuando le llevó el café al despacho, y se limitó a preguntarle por algunos expedientes y a recordarle que quería empezar las entrevistas a las nueve. Viéndolo tan impasible, Lavinia se reprendió por la noche que había pasado dando vueltas en la cama.

Lavinia añoraba los días en que charlaba alegremente con Aleksi junto a la máquina del café. Incluso con Kate se respiraba un ambiente más relajado. Con Zakahr, en cambio, todo era trabajo, trabajo y nada más que trabajo.

El descanso para almorzar consistía en una rápida

carrera a la máquina expendedora y otra bebida energética.

–Annika está al teléfono –le dijo a Zakahr cuando
él no atendió la llamada de su hermana–. Quiere hablar contigo.

–Estoy ocupado con las entrevistas. ¿Quién es el
siguiente? –preguntó él, mirando con una ceja ar-
queada la bebida que portaba Lavinia. Era la tercera
que se tomaba aquel día.

–Debería ser Alannah Dalton, la responsable de
ventas al por menor, pero todavía estoy intentando
localizarla.

–¿Y?

–Es una infeliz que se queja por todo y que cree
que el mundo está en su contra... –dejó de hablar y
Zakahr levantó la mirada. Lavinia tenía los ojos ce-
rrados y el rostro amarillento.

–¿Vas a desmayarte?

–No –respondió ella con voz débil–. Es solo... –respiró profundamente para sofocar las náuseas y se la-
mió los labios resecos–. Anoche no dormí –vio que
Zakahr apretaba la mandíbula–. Ya sé que no es tu
problema. Es solo mío.

Se sentó en el sofá y apoyó la cabeza en las rodillas. Él permaneció sentado tras la mesa, observán-
dola, ni sorprendido ni preocupado. En todo caso,
aburrido por el drama que estaba presenciando.

–Me pondré bien –le aseguró Lavinia al cabo de
unos segundos.

Pero no fue así.

Al salir del despacho empezó a darle vueltas la cabeza. Se bebió una botella de agua, engulló cuatro

gominolas y una bolsa de patatas fritas que escondía en el cajón y recibió una llamada de Alannah.

–Viene para acá –le informó a Zakahr por el interfono–. Tenían un cliente muy importante –un fuerte zumbido en los oídos le impidió oír su respuesta.

Cuando Alannah Dalton no se presentó y Lavinia no respondió al interfono, Zakahr salió del despacho y volvió a encontrársela con la cabeza apoyada en la mesa.

–No estoy durmiendo –le aclaró ella sin moverse–. Y de verdad que lo siento –tenía que decírselo. No todo, pero sí una parte de la verdad. O eso o la pondría de patitas en la calle–. Tengo algunos problemas personales. Este fin de semana apenas he pegado ojo y anoche tampoco pude dormir.

Levantó la cabeza y Zakahr deseó que volviera a agacharla, porque su aspecto era lamentable. Tenía los labios descoloridos y el maquillaje le corría por las mejillas. Zakahr estaba acostumbrado a que su personal lo solucionara todo con solo chasquear los dedos, pero allí no había nadie más.

Fue al baño del despacho, mojó una toalla y se la llevó a Lavinia. Su historia no lo convencía mucho, pero era evidente que se encontraba mal. Ella aceptó la toalla sin darle las gracias y se la pegó en la cara unos instantes.

–Mañana estaré mejor –declaró al apartarse la toalla para respirar–. Todo volverá a la normalidad.

–Le diré a mi chófer que te lleve a casa... –empezó a decir Zakahr, pero se detuvo al ver su mueca. La idea de caminar y subirse a un coche debía de haberla mareado de nuevo–. Tienes que descansar.

La llevó al que había sido su viejo despacho, antes de que Zakahr insistiera en el ascenso, y Lavinia se dejó caer con alivio en los familiares cojines.

–Lo siento mucho, de verdad –murmuró. El color volvía a sus mejillas, pero el maquillaje se había quedado en la toalla–. Puedo explicártelo...

–Ahora limítate a descansar –la cortó él. Al ver que estaba temblando, se quitó la chaqueta para arroparla y bajó las persianas. Cuando acabó, ella ya se había quedado dormida.

Llamó a Recepción y pidió que subiera alguien para sustituirla el resto de la tarde, mientras él seguía entrevistando al personal. Alannah Dalton resultó ser efectivamente una infeliz que se quejaba por todo, tal y como le había dicho Lavinia.

Era un experto entrevistador y aprendió mucho escuchando cómo los empleados intentaban salvar su pellejo culpando a otros. Sus sospechas se vieron confirmadas. Los problemas de la empresa habían empezado mucho antes de la muerte de Ivan.

Tuvo que escuchar, eso sí, un montón de cosas carentes de interés para conseguir la información deseada. Todo el mundo sabía que Lavinia había estado acostándose con Aleksi, y seguramente también con Levander. Según le dijeron, Lavinia siempre había mantenido un íntimo contacto con el jefe.

Zakahr consiguió mantener el rostro impasible mientras lo escuchaba una y otra vez, pero por dentro se sentía profundamente contrariado de que aquella sonrisa que empezaba a gustarle, aquella refrescante locuacidad, aquella irrefrenable tendencia a las bromas, todo aquello que era Lavinia, no solo le gustaba a él.

En un descanso entre las entrevistas, Zakahr fue al despacho de Lavinia y la observó durante un minuto. Dormía plácidamente, y su rostro relajado y desprovisto de maquillaje parecía más joven, más hermoso... casi inocente.

Pero no era así.

Encontró su expediente y lo examinó a fondo. En varias ocasiones la habían llamado de Recursos Humanos, siempre a petición de algún otro colega, e incluso Kate se había quejado un par de veces. Pero nunca se habían tomado medidas de ningún tipo contra ella.

Y Zakahr estaba seguro de cuál era la razón.

A las cinco en punto, Lavinia entró en el despacho, con la mitad del rostro enrojecido por el cojín.

–¡No sé qué decir! –le tendió la chaqueta, que él aceptó sin decir nada–. Pero gracias. Te veré mañana, suponiendo que aún conserve el empleo... –intentó adoptar un tono bromista, pero le temblaba la voz.

–¿Acaso quieres este empleo? –le preguntó Zakahr.

–Pues claro –respondió ella de inmediato. Lo necesitaba más que nunca.

–En ese caso, ¿puedo sugerirte que te vayas a casa y descanses? ¿Y que comas algo en vez de atiborrarte de cafeína? –no sabía por qué, pero aquella mujer lo sacaba de sus casillas. Estaba demasiado pálida, demasiado delgada y no se preocupaba para nada de su salud–. Vamos a por algo de comer.

Lavinia negó con la cabeza. Era cierto que se mo-

ría de hambre, pero la idea de pasar la tarde con Zakahr lejos de la oficina la puso inmediatamente en
alerta. La advertencia de Zakahr se le había quedado
grabada y no estaba dispuesta a tontear con él.

—Hoy no tengo cuerpo para ir a un restaurante elegante... y mañana tenemos que cenar con el rey. Lo
único que quiero es irme a casa, darme un baño y
meterme en la cama.

—Perfecto, pero antes de eso vas a comer —decidió
Zakahr, pues no confiaba en que fuera a alimen-
tarse—. Y también yo.

Capítulo 5

L A LLEVÓ a un local oscuro, sencillo y muy relajante.

–¿Cómo conocías este sitio? –le preguntó Lavinia. Estaba emplazado en una calle secundaria y debía de ser uno de los secretos mejor guardados de Melbourne–. He vivido aquí toda mi vida y no sabía que existiera.

–Me lo recomendó el conserje –respondió él secamente, pero entonces abandonó su actitud de jefe y le dedicó una breve sonrisa–. La comida es muy buena.

Y ella necesitaba comer. Pidió un risotto de espárragos y guisantes con pimienta y parmesano. La conversación transcurrió con fluidez y Lavinia sorprendió a Zakahr atacando el plato en cuanto se lo sirvieron. Solo consiguió comerse un cuarto de la enorme ración, pero Zakahr observó complacido que le volvía el color a las mejillas y el brillo a los ojos.

–¿Te encuentras mejor?

–Mucho mejor –respondió ella sinceramente. La comida estaba deliciosa y la compañía era muy agradable. Por primera vez en mucho tiempo, se sintió realmente cómoda y relajada.

–Tienes que cuidarte.

–Ya lo hago... Normalmente –añadió Lavinia.

Zakahr esperó a que diera más detalles. Siempre evitaba hablar de sí mismo, y la forma más eficaz era preguntarle a ella por su vida. Pero aunque Lavinia hablaba por los codos sobre el trabajo, las bodas y cosas por el estilo, se mostraba sorprendentemente reservada en lo que se refería a sus problemas personales. De hecho, cuando Zakahr le preguntó sutilmente por ellos, Lavinia desvió la pregunta hacia él.

–Cosas de familia... Tú lo sabes todo sobre los dramas familiares, ¿verdad? –Zakahr se quedó un momento inmóvil, dejó los cubiertos y tomó un sorbo de agua antes de hablar.

No estaba seguro de haberla oído bien, porque el suyo era un secreto de familia que nadie, y menos la ayudante de su secretaria, podía saber.

–¿Tienes una familia numerosa? –le preguntó en vez de responder.

–Tengo una hermanastra –el ceño fruncido de Zakahr le hizo ver que no estaba siendo clara. Y aunque estaba demasiado cansada para dar explicaciones, llevaba demasiado tiempo ocultando la verdad–. Mi madre murió el año pasado.

–Lo siento –dijo él cortésmente, pero Lavinia se encogió de hombros.

–Vivió más de lo que cabía esperarse. Me sorprendió que llegara a los cuarenta años, porque era una persona que no se cuidaba –revolvió el risotto en el plato. El hecho de compartir su carga, de expresarla en voz alta, le daba una nueva perspectiva.

–¿Y tu padre? –inquirió Zakahr.

–No tengo padre. Quiero decir, no...

–¿No tenéis relación?

–No sé quién es –sonrió forzada y avergonzadamente–. Ni tampoco mi madre lo sabía.

–Entiendo.

Lavinia se olvidó de la comida.

–Mi hermanastra es más pequeña que yo... mucho más pequeña. Vive con su padre y la nueva pareja de él. Para mí ya fue bastante duro dejarla allí cuando mi madre vivía, después de lo que yo pasé de niña, pero ahora que mi madre no está... Sé que Kevin no la quiere, ni tampoco su novia. Yo estoy intentando por todos los medios que me concedan la custodia, pero ellos están poniendo todos los obstáculos posibles.

–¿No has dicho que no la quieren? –Zakahr nunca se hubiera imaginado a Lavinia en el papel de madre soltera, pero la verdad era que llevaba sorprendiéndolo desde que se habían conocido–. ¿Cómo se llama?

–Rachael, y tiene cuatro años –su expresión se suavizó al pronunciar su nombre–. Ellos no la quieren, pero están detrás del dinero que recibiría Rachael por el seguro de vida que tenía mi madre. No es mucho, pero sí lo suficiente para que les merezca la pena quedarse con ella. Ellos niegan que sea por el dinero, naturalmente, pero yo sé que tengo razón.

–¿Y cómo estás tan segura de que no la quieren? –insistió Zakahr.

–Su padre tiene dos hijos mayores, y su compañera sentimental tiene dos niñas pequeñas de otra relación. Y ahora acaban de tener una hija.

–Una familia mezclada y numerosa –repuso Zakahr, pero Lavinia arrugó la nariz con disgusto.

–Rachael no encaja en esa mezcla. Es muy inteligente y no tienen tiempo para ella. Yo le compro ropa, pero sus hermanastras se la quitan y ella se queda en harapos. Se pasa casi todo el tiempo en su habitación –Zakahr vio el brillo de las lágrimas en sus ojos mientras tomaba un gran trago de agua–. Es muy difícil de explicar... Antes la veía una vez cada quince días, y, si se me ocurría decir algo, me quedaba sin verla la siguiente vez.

–¿Y por eso decidiste guardar silencio?

–¿Tienes idea de lo duro que es guardar silencio cuando sabes que un niño está sufriendo?

Zakahr no dijo nada.

–Conseguí que la enviaran a una guardería. Le dije a Debbie...

–¿La novia de su padre? –preguntó Zakahr, y ella asintió.

–Le dije que así tendría más tiempo libre, que sabía que Rachael daba mucho trabajo. Les hice creer que les estaba haciendo un favor. Pero lo que quería era alejarlos de ella y que alguna de las maestras viera lo que le estaban haciendo.

–¿Qué le estaban haciendo?

–Tenía marcas en los brazos. Y las cosas que decía eran tan horribles que al fin intervinieron los servicios sociales y el viernes pasado la enviaron con una familia de acogida. Yo creía que me concederían la custodia inmediatamente, pero me están examinando a fondo. Mi infancia fue bastante complicada...

–¿Y eso juega en tu contra? Ahora eres una mujer adulta y responsable, tienes un buen trabajo...

–Pero no siempre ha sido así –estaba harta de justificarse y decidió que con Zakahr sería completamente sincera–. El trabajo de modelo que hacía... después de que mi madre me sacara de la escuela a los dieciséis años, era en realidad hacer striptease. Y el baile...

–Supongo que no era danza clásica.

No había el menor atisbo de reproche en su voz ni de espanto en sus ojos. Simplemente la escuchaba, con tanta atención que Lavinia incluso se permitió sonreír con ironía.

–¿También hiciste de modelo?

–Así fue como acabé en Kolovsky. Era la semana de la moda, los representantes estaban frenéticos, a Kolovsky le faltaba una dama de honor... Fue un golpe de suerte.

–¿Habrías seguido bailando de no haber entrado en Kolovsky?

–No, por Dios –exclamó ella–. Para entonces ya había perdido toda fe en mi madre. Aún le daba un poco de dinero para Rachael, pero se lo gastaba todo en bebida. Estaba buscando otro trabajo, y esto fue como un regalo caído del cielo –lo miró a los ojos–. Ya sé que no he causado muy buena impresión, pero necesito este trabajo más que nunca. Dos años como ayudante de secretaria, un ascenso a secretaria... –esbozó una tensa sonrisa–. Es mucho mejor que ser una exstripper en paro.

–¿Has buscado asesoramiento legal?

–¿Y de qué me serviría un abogado? Es competencia de las autoridades.

–Un abogado puede hacer preguntas. ¿Kevin se porta bien con sus hijos mayores?

Lavinia asintió.

–¿Y por qué no con Rachael?

–Puede que prefiera a los varones, aunque parece encantado con su hija recién nacida.

–Busca asesoramiento.

Lavinia puso los ojos en blanco. Para un multimillonario como Zakahr era muy fácil sugerirle un abogado.

–¡Seguiré incordiando a la señorita Hewitt! –dijo con una sonrisa, pero Zakahr no sonrió. Estaba furioso, no con ella, sino con sus hermanos.

Solo conocía a Lavinia desde hacía un par de días y ya sabía su historia. Había sido la amante de Aleksi, pero ni él ni Nina le habían ofrecido ayuda legal, a pesar de contar con un ejército de abogados en Kolovsky.

–Tienes que hablar con alguien –le dijo. No quería verse arrastrado a un problema que no era suyo, pero no podía quedarse callado.

–Lo que tengo que hacer es conservar mi empleo –lo corrigió ella–. Te doy las gracias por haberme escuchado, y te prometo que mañana volveré a ser la de siempre... tras una noche de sueño reparador.

A él le gustaba más verla así, pero no era esa la cuestión.

–Escúchame, Lavinia. No puedes enfrentarte a esa situación sin un abogado.

–Ya lo estoy haciendo –insistió ella–. Conozco bien el sistema. La señorita Hewitt fue la asistente social que se ocupó de mí hace años. ¡Es una pena que no se pueda elegir a la familia! –quizá debería cerrar la boca y no decir lo que sabía, pero nunca se le había dado bien el disimulo, y ya había disimulado bastante–. Zakahr... sé quién eres.

–No deberías prestar atención a los rumores.

–Nadie se atreve a difundir rumores sobre ti. Yo

estaba presente cuando Aleksi le dijo a Nina que eres su hijo.

—Era.

—Eres.

—No son mi familia.

—¿Entonces por qué has venido? —lo retó Lavinia—. Si no quieres tener nada que ver con ellos, ¿qué haces aquí?

—He venido a reclamar lo que me pertenece —mintió Zakahr. No iba a decirle que su intención era destruir la empresa.

—Podrías hablar con ella —sabía que se estaba adentrando en un terreno peligroso, pero Nina lo estaba pasando realmente mal—. O al menos oír lo que tenga que decir.

—Puedo pasar por alto tu insolencia y que llegues tarde a la oficina —Zakahr habló con una voz fría como el hielo—. Pero no te atrevas a darme consejos sobre mi familia.

—Muy bien. ¿Y por qué tú sí puedes dármelos sobre la mía?

—Porque tengo razón.

—¡Y yo también!

Zakahr se quedó callado un momento. No podía creerse que Lavinia lo supiera y que no tuviera nada más que decir al respecto. Pero tenía que admitir que, a pesar de no ser un hombre muy hablador y de ser un asunto bastante espinoso, estaba disfrutando con su compañía. Ella, sin embargo, miró apurada su reloj.

—Tengo que irme a casa.

—Yo te llevo. Avisaré a mi chófer —decidió que le gustaría ver dónde vivía.

Pero Lavinia no lo aceptó e insistió en que se encontraba bien para conducir.

Volvieron a las oficinas en silencio, hasta que la curiosidad venció a Zakahr.

–¿Qué dijo Nina cuando descubrió que yo era su hijo?

–Se puso a llorar y a gritar como una loca –respondió ella sin intentar adornar la verdad–. Fue uno de los momentos más angustiosos que he vivido.

–Ella no merece compasión.

–No la estaba pidiendo.

A Zakahr le resultaba muy extraño estar manteniendo aquella conversación. Era un tema que durante mucho tiempo había mantenido en secreto, hasta que en las últimas semanas lo sacó a relucir cruelmente con su presunta familia. Pero Lavinia había irrumpido como un soplo de aire fresco en el rincón más hermético de su vida, y estar caminando a las ocho de la tarde con ella, hablando del tema con una mujer a la que acababa de conocer, era tan extraño como estimulante.

–Deberías escuchar lo que tiene que decir –continuó ella con voz amable.

–No tengo nada que hablar con ella. Tú también cortaste los lazos con tu madre.

–No. Lo que hice fue desistir de intentar cambiarla.

Zakahr no quería pensar en ello. Solo quería tomar el camino fácil.

Lavinia era increíblemente atractiva.

Sus labios, desprovistos de carmín, eran grandes y carnosos, y su cuerpo seguía mostrando signos de cansancio a pesar de haber dormido en la oficina. Zakahr pensó en lo agradable que sería llevársela a su hotel, a su suite de lujo, donde pudieran compartir una noche de lujuria y pasión. El sexo para Zakahr era como las pastillas para dormir. Acabado el frasco se podía encontrar otro fácilmente. Algunas aventuras duraban una noche, otras una semana... Tal vez con Lavinia el deseo le durase un mes.

–Gracias –le dijo ella con una sonrisa cuando llegaron a su coche–. Ha sido una charla muy agradable.

–Podemos seguir hablando.

Era una clara invitación, y el cuerpo de Lavinia respondió al instante. Realmente le había gustado hablar de sus problemas con Zakahr, hasta el punto de permitirse bajar la guardia.

Pero al mirarlo a los ojos sintió un nudo en el estómago... y no era por la ansiedad de los últimos días.

–¡Necesito mi cama! –exclamó–. ¡Primero un baño y después dormir!

Zakahr estuvo a punto de mostrarse de acuerdo. De hecho, era exactamente lo que estaba pensando. Pero conocía a las mujeres y sabía cómo comportarse con ellas para conseguir lo que quería. Agachó la cabeza para besarla. Bastaría un beso para hacer que se olvidara del baño y de la cama, o mejor, para que probara el baño y la cama de su hotel.

Salvo que Lavinia tenía otras ideas...

Lo besó en la mejilla igual que haría con cualquier amigo para despedirse tras una agradable velada.

–Gracias de nuevo –se subió al coche y se ocultó el rubor con el pelo mientras se inclinaba para meter la llave en el contacto–. Te veré mañana. Que descanses.

Salió del aparcamiento lo más deprisa que pudo, sin mirar por el espejo retrovisor y luchando contra la necesidad de meter marcha atrás. Deseaba desesperadamente irse con él. Había sentido más que oído la propuesta en su voz, y, aunque la cabeza se negaba, el cuerpo le pedía a gritos que aceptara la invitación.

¿Cómo?

Se detuvo ante un semáforo en rojo y por primera vez miró el espejo. Lo único que vio fue su imagen, la mujer que Zakahr creía ver.

¿Qué pensaría de ella si supiera la verdad? Que aquella mujer tan aparentemente segura de sí misma, que se permitía incluso tontear con su jefe, nunca había estado con un hombre. Ni siquiera la habían besado.

Era una seductora consumada; su madre le había enseñado bien y podía hacer que los hombres comieran de su mano. Pero no lo hacía por ser manipuladora, sino por una cuestión de supervivencia. Era el único modo que una adolescente tenía para salir adelante en los locales de mala muerte donde su madre la animaba a trabajar.

Con veinticuatro años y sólidamente asentada en Casa Kolovsky seguía conservando sus habilidades seductoras, aunque las empleaba con mayor sutileza. Había coqueteado con sus jefes, naturalmente, pero sin llegar a nada. No había sido más que un inocente flirteo, un juego inofensivo, a pesar de los rumores que circulaban sobre ella.

Con Zakahr, sin embargo, el coqueteo estaba demostrando ser extremadamente peligroso. Como provocar a un tigre enjaulado. Era el único hombre al que Lavinia no estaba segura de poder manejar, por lo que más le valdría guardar las distancias con él.

Zakahr también respiró aliviado cuando Lavinia se alejó en su coche. Normalmente no tenía escrúpulos a la hora de intimar con sus empleadas, y algunas eran sus amantes ocasionales. Y, sin embargo, allí estaba, en Australia, decidido a no intimar con nadie, y menos con una mujer como Lavinia, quien no solo conocía su pasado, sino que tenía que luchar por su hermanastra pequeña.

Había sido una tortura permanecer sentado mientras escuchaba la historia de Rachael, y no quería volver a pasar por lo mismo.

Zakahr invertía enormes sumas de dinero en ayudar a niños desfavorecidos. Cada empresa que salvaba de la quiebra era obligada a trabajar estrechamente con una organización benéfica, y de dicha colaboración no solo se extraían grandes beneficios, sino que los empleados se volcaban con mayor ilusión en el trabajo.

Sí, Zakahr predicaba con el ejemplo, pero a pesar de su gran labor no tenía el menor contacto con nadie. Había dejado atrás esa parte de su pasado y no quería revivirla. La historia de Rachael había removido las negras aguas de odio estancadas en su interior.

No, no necesitaba a Lavinia ni sus problemas.

Había un pintalabios en el suelo del coche. Lo empujó con el pie bajo el asiento contiguo, pero volvió a rodar hacia él. Maldijo en voz alta y lo recogió para guardárselo en el bolsillo.

Se dirigió directamente al hotel, sin detenerse en el casino. En vez de subir a su habitación fue al bar, porque necesitaba un poco de distracción para olvidarse de todo.

Pidió un brandy y vio a una bonita mujer en el otro extremo de la barra que le sonreía, esperando una respuesta.

Sería muy fácil.

Pero aquella noche no sería como tantas otras, porque cuando metió la mano en el bolsillo para sacar la cartera se encontró con el pintalabios. Apuró el brandy de un trago y subió rápidamente a su suite, para decepción de la mujer de la barra.

Se quitó la chaqueta, que olía a Lavinia.

Se quitó la camisa, que también olía a ella.

Se sirvió otro brandy. Habían reemplazado las flores de la habitación y Zakahr tocó el pétalo de una azucena. El tacto, suave y sedoso, debía de ser como la piel de Lavinia y... No, no podía perderse en divagaciones inútiles. La decisión estaba tomada: iba a acabar con Casa Kolovsky.

Se convenció de que ella conseguiría otro empleo, pero una incómoda sensación le revolvía el estómago.

Entró en el baño y se echó agua en la cara. Al agarrar la toalla vio el reflejo de su espalda en los espejos de esquina... cubierta de las marcas y cicatrices que atestiguaban su vida en las calles.

Había sobrevivido al infierno, y era la razón que lo había llevado hasta allí.

No debía olvidarlo.

No podía olvidarlo.

Solo Dios sabía cuánto había intentado olvidarlo...

Capítulo 6

TIENES que firmar esto –Zakahr ni siquiera se molestó en alzar la vista cuando Lavinia le entregó un documento. Lo que hizo fue tomar un sorbo de café para protegerse de su perfume–. Aleksi debería haberlo hecho antes de marcharse.

–Lo miraré más tarde.

–Debe ser ahora.

Tenía que ser algo realmente importante, porque de lo contrario no habría entrado en su despacho. Lavinia estaba haciendo lo posible por evitarlo, pero aquellos contratos exigían la firma del hombre que protagonizaba sus fantasías y desvelos nocturnos. Aquella noche tenían que salir a cenar con el rey, y no era el protocolo real lo que más la preocupaba.

–Rula va a ser la nueva cara de Kolovsky. Esta semana empezarán con las fotos, pero su contrato aún no está firmado –él no hizo ademán de agarrarlo–. Es muy importante.

–Entonces habrá que examinarlo detenidamente, y para eso no tengo tiempo ahora mismo.

–¿Y qué les digo?

–Eso es cosa tuya –Zakahr tomó otro sorbo de café–. Fuera.

Era un hombre despreciable, pensó Lavinia mientras colgaba el teléfono tras una embarazosa conversación con el departamento de Contratación. Era insoportablemente antipático y arrogante, y Lavinia estaba furiosa consigo misma por fantasear con él. Se negó a hacerlo y leyó su horóscopo.

Los astros te urgen a aceptar el consejo recibido.

Menudo consuelo...

–Lavinia.

Dio un salto en la silla y por unos segundos miró confundida a Iosef. Siempre le producía el mismo efecto, siendo el gemelo idéntico de Aleksi. Lo único que los diferenciaba era su estilo. Aleksi solo vestía trajes a medida, mientras que Iosef era mucho más práctico. Aquel día iba vestido con unos vaqueros negros y una camiseta, y no parecía estar de muy buen humor.

–¿Está en su despacho?

–Sí –le respondió ella con una sonrisa. Iosef siempre había sido su favorito de los hermanos Kolovsky e incluso habían coqueteado un poco en el pasado... hasta que él se enamoró perdidamente de Annie.

–¿Cómo va todo?

Lavinia respondió con una mueca.

–¿Qué haces en esta mesa?

–¡Soy la nueva asistente personal!

Iosef se echó a reír y lo mismo hizo Lavinia.

–¿Cómo es trabajar para él?

–Hace que el resto de vosotros parezcáis un rebaño de corderos. Le diré que estás aquí.

–No es necesario –dijo Zakahr desde la puerta–. Sigue navegando por Internet, Lavinia.

Esperó a que Iosef hubiera entrado y cerró la puerta tras él. Le molestó que Iosef tomara asiento sin esperar a que él se lo ofreciera, pero no tanto como las familiaridades que se tomaba con Lavinia.

–¿Cómo va todo? –le preguntó Iosef, sin preocuparle lo más mínimo que pudieran oírlo desde fuera. La arrogancia se dejaba sentir en los genes.

Zakahr no respondió.

–¿Qué tal lo está haciendo Lavinia?

–¿Has venido para charlar?

–Acabo de visitar a nuestra madre.

–Tu madre –lo corrigió Zakahr–. Su elección –añadió, porque desde que ella y su padre abandonaron a un recién nacido en el orfanato había dejado de ser su madre.

–Ayer estuve hablando con su psiquiatra. Su estado mental es muy frágil –al igual que Zakahr, Iosef tampoco se andaba por las ramas. No quería estar allí, pero por encima de todo estaba el deber para con la familia–. No pensaba decírtelo, pero he hablado con mi mujer y los dos hemos decidido que deberías saberlo. Lo que hagas con la información depende de ti. Nina quiere conocerte y hablar contigo.

–¿Y con eso se arreglará todo? –le espetó Zakahr–. Yo de ti la cambiaría de psiquiatra, si cree que voy a ir a verla en su estado y decirle todo lo que tendría que decirle. ¿Acaso piensa que voy a perdonarla?

–Le ha advertido de lo peligroso que podría ser el encuentro en esta fase de su tratamiento, pero ella está desesperada por verte.

–Dile que es demasiado tarde. Treinta y seis años es mucho tiempo.

Iosef asintió y se levantó para marcharse. No había ido a discutir ni suplicar, y sabía desde el principio que Zakahr no querría tener nada que ver con ellos.

Pero cuando llegó a la puerta cambió de opinión.

–Annie y yo vamos a llevar a Annika y a Ross el sábado a cenar. Sería estupendo contar contigo –vaciló, pues apenas sabía nada de aquel hombre que era su hermano. En realidad, no iban a llevar a Annika y a Ross a cenar, pero estaba seguro de que si Zakahr accediera a acompañarlos su hermana y su cuñado también irían–. Si quieres llevar a alguien...

–No lo entiendes, ¿verdad? –Zakahr se recostó en la butaca–. No he venido para encontrarme con mi familia –torció el gesto al pronunciar la palabra–. Aleksi es el único al que respeto. El resto...

–No sabíamos nada.

–No queríais saber.

–Ha sido una conmoción para todos, Riminic... –Iosef se maldijo en silencio por su torpeza. Se había pasado la mañana oyendo gritar a su madre el nombre del niño al que había abandonado, y ese nombre se le acababa de escapar de los labios ante el hombre que se lo había cambiado–. Zakahr...

–Largo –no gritó, pero su tono era inflexible. Oír el nombre de Riminic le revolvía las tripas.

Riminic Ivan Kolovsky.

Riminic, hijo de Ivan.

No quería volver a oírlo, aunque su madre se muriera gritándolo. Riminic se había ido para siempre, Ivan se había ido para siempre, y muy pronto Casa Kolovsky también desaparecería.

–¡Zakahr! –la voz de Lavinia lo llamaba por el interfono. Zakahr se pegó los dedos a los labios. El sonido de su voz lo sacó del ojo del huracán–. Tengo que salir una hora.

–¿Otra cita?

–Pues sí –Lavinia dudó un momento antes de continuar–. Y luego tengo que ir a la peluquería. A las cinco me reúno aquí con Katina para preparar mi vestido para esta noche.

–¿Y eso significa que...?

–No podré volver a la oficina esta tarde. Tendrás que arreglártelas sin mí.

–¿Cómo? –preguntó la señorita Hewitt por enésima vez, y la respuesta fue, como siempre, imposible.

En un esfuerzo por parecer más presentable sobre el papel, Lavinia se había ascendido a sí misma a asistente personal, pero la señorita Hewitt quería saber cómo podría compaginar un trabajo tan exigente con la responsabilidad de cuidar a Rachael.

–No seré la primera madre soltera y trabajadora.

–Rachael necesitará mucha atención.

–Entonces solo trabajaré media jornada –dijo Lavinia, pero nada podía convencer a la señorita Hewitt de que era una adulta responsable. A sus ojos seguía siendo la niña resentida y problemática de la que se había ocupado años atrás.

–¿Lo has pensado bien, Lavinia?

–No he pensado en otra cosa.

Aquella visita solo había sido una pérdida de tiempo. Tenía que ir a la peluquería y a prepararse para la cena, pero eso no podía decírselo a la señorita Hewitt.

–¿Cuánto tiempo tardarán en tomar una decisión?

–Lavinia, no es una decisión que se pueda tomar a la ligera. Nuestro trabajo es mantener unidas a las familias, no separarlas.

–Yo soy su familia –intentó de nuevo, pero era inútil–. ¿No podría verla, al menos? ¡Ha pasado casi una semana!

–Podrás verla mañana por la tarde durante una hora, pero, Lavinia, Rachael necesita mucha tranquilidad. No le haría ningún bien enterarse de que los adultos se están peleando por ella. Cuando la veas, no le cuentes nada.

–¿No puedo decirle que quiero estar con ella?

–Su padre quiere estar con ella –dijo la señorita Hewitt–. Tiene una familia que la quiere. De acuerdo, puede que no sea la familia ideal –Lavinia abrió la boca para protestar, pero ella no le dio tiempo–. Pero de nada servirá hacerle falsas promesas a Rachael. Intenta no complicar la situación.

Dios... ¿por qué la hacía sentirse como si fuera la mala de la película?

Le costó toda su fuerza de voluntad no perder la calma y darle las gracias a la señorita Hewitt, pero por dentro temblaba de furia mientras el peluquero le rizaba su tupida melena rubia.

–¿Algún problema? –le preguntó Zakahr cuando regresó a la oficina.

–¡Solo los que yo misma me he buscado!

Se había jurado mantener las distancias, pero Zakahr estaba allí, en el momento adecuado, formulándole una pregunta. Fue como descorchar una botella de champán. La rabia acumulada durante años salió a borbotones y se le llenaron los ojos de lágrimas sin poder evitarlo.

–Van a enviarla de nuevo con su padre.

–Eso no lo sabes –Zakahr desearía no habérselo preguntado o que ella no le hubiera respondido. Se dio la vuelta para alejarse, pero las siguientes palabras de Lavinia se le clavaron como flechas en la espalda.

–A mí siempre me devolvía con mi madre. Quiere que no complique la situación con Rachael y que no le haga promesas imposibles de cumplir. Ni siquiera puedo decirle que quiero hacerme cargo de ella.

–¿Y tú puedes hacerte cargo de ella? –le preguntó Zakahr. Él creía en los hechos más que en las palabras, y antes de ofrecer su ayuda tenía que estar seguro.

–Por algo he comprado una casa, y tengo una habitación para ella esperando ser decorada. He querido hacerme cargo de Rachael desde que nació, pero ahora resulta que no puedo confundirla con eso –sacudió la cabeza, furiosa consigo misma por haber explotado delante de Zakahr–. Olvídalo –pasó junto a él en dirección a su despacho, pero Zakahr la detuvo.

–La señorita Hewitt se equivoca. Llévala a tu casa, enséñale la habitación de la niña, dile que pase lo que pase, decidan lo que decidan, Rachael siempre tendrá allí un hogar. Dile que harás lo posible por tenerla contigo, y que aunque no puedas cuidar de ella seguirás pensando en ella.

–¿Quieres que haga lo contrario de lo que me han dicho? Si lo hago, podría perderla para siempre.

–La pierdes más cada día que no eres sincera con ella –replicó Zakahr–. ¿Cuántos batidos, cuántas muñecas, cuántos vestidos harán falta para llenar su alma? Rachael necesita saber que la quieres y que estás haciendo todo lo posible por ella, aunque no pueda verlo.

–¿Alimentar sus esperanzas? ¿Y cuando se entere de que va a volver con...?

–No sabes si volverá con su padre. Y, si ocurre, cómprale un teléfono –le dijo con exasperación, porque a él le parecía todo muy sencillo.

–¡No tiene ni cinco años!

–Un teléfono barato.

–Lo perderá. Se lo quitarán.

–Pues cómprale otro, y otro, y otro... Puedes enviarle un beso cada noche.

–La señorita Hewitt ha dicho que...

–¿Vas a olvidarte de Rachael?

–Pues claro que no.

–Porque eso es lo que preocupa a la señorita Hewitt, te lo aseguro. Que Rachael sea demasiado trabajo para ti, que encuentres a tu hombre perfecto, pero que él no quiera tener hijos. ¿Vas a renunciar a Rachael?

–Jamás.

–Entonces deja que te acusen de lo que quieran. Mientras tú la sigas queriendo, sus argumentos no tendrán ningún valor.

–No sé... –la verdad era que el razonamiento de Zakahr tenía sentido–. Quiero decírselo, pero... necesito pensar.

–Lo que necesitas es un abogado.

–Y algo de beber –Lavinia abrió una lata de refresco justo cuando Katina entraba con un montón de vestidos–. Y prepararme para la cena –le sonrió débilmente–. Gracias por escucharme.

Zakahr meneó la cabeza.

–Ojalá me escucharas tú.

Capítulo 7

NO –la respuesta de Katina fue rotunda–. No es tu color.

–Pero es precioso –suplicó Lavinia. El vestido de color melocotón era realmente bonito y además no tenían tiempo que perder.

–Ni hablar. Vas a representar a Kolovsky en una cena con un rey. Por tanto soy yo la que elige el vestido –se lo quitó y la dejó en ropa interior–. Vas a llegar tarde.

Lavinia se habría puesto sus pinturas de guerra, pero se había dejado el neceser en su mesa y por nada del mundo iría a buscarlo en ropa interior con Zakahr en la oficina. Con Aleksi o Levander no le habría importado, pero Zakahr procedía del severo mundo de las finanzas y con él todo era muy distinto.

–¿Te importa traerme mi neceser? –le pidió a gritos a Zakahr, que estaba en su despacho.

Él no podía creerse semejante desparpajo. Salió para decírselo... y se encontró con un hombro delgado, una clavícula y el tirante de un sujetador rojo asomándose por la puerta. Asumió que era algo habitual en una empresa de moda que las mujeres se pasearan en paños menores, y tampoco se podía decir que él no estuviera acostumbrado a ver mujeres desnudas.

–Está en el segundo cajón –le indicó Lavinia.

Zakahr se lo arrojó de malos modos.

–Gracias.

–Podrías haberte vestido y haberlo buscado tú misma.

–¿Y manchar de crema un diseño de Kolovsky? De eso nada –replicó ella, pero se había puesto colorada hasta las cejas y apoyó la cabeza en la puerta al cerrarla.

¿Por qué Zakahr tenía que ser tan comprensivo con el asunto de Rachael?

¿Por qué no podía haberla ignorado, como llevaba haciendo toda la mañana?

¿Cómo iba a aguantar una velada en su compañía?

No se atrevía a pensar en ello, de modo que se bebió su bebida energética y se maquilló con más esmero que de costumbre. Katina regresó con un vestido cuyos intensos colores le hicieron fruncir el ceño, pero levantó los brazos para que se lo pusiera y se deleitó con la caricia de la seda en la piel. Y, efectivamente, al mirarse al espejo admitió que Katina había acertado.

–Es perfecto –dijo, estirando el cuello para verse por detrás mientras Katina le ponía los zapatos de tacón–. Yo nunca habría elegido estos colores.

–Te lo dije –Katina no se prodigaba mucho en halagos, al menos no con el personal. Le tendió un abrigo dorado y le advirtió que tendría que devolverlo por la mañana.

–¡Pero ahora es todo mío! –exclamó ella, contemplándose con una sonrisa en el espejo.

Llevaba el pelo recogido en lo alto de la cabeza y

con tirabuzones, y sus ojos parecían más azules que nunca gracias al maquillaje. Se dio otra capa de brillo en los labios y salió al encuentro de Zakahr, que se estaba anudando la corbata frente a un espejo. Sus miradas se encontraron en el espejo y él parpadeó un par de veces antes de girarse.

–Estás increíble –no podía negarlo, y sintió que se le pegaba la lengua al paladar mientras ella se acercaba como una llamarada de rojo, naranja y dorado.

–¡Ya lo sé! –le dedicó una amplia sonrisa mientras se ajustaba sus diminutos pechos en el escote, y Zakahr estuvo a punto de sonreír por aquella respuesta tan poco habitual a un halago–. Es verdad que no quería aceptar el puesto, pero me encantan las ventajas.

–¿Los vestidos?

–Y esta corbata –le tendió la corbata que había elegido Katina, pero él la miró con desagrado.

–Con eso no podría respirar. Yo elijo mis corbatas.

–No cuando vas a acompañarme –replicó Lavinia–. Póntela.

Zakahr accedió, pues a fin de cuentas la había elegido una profesional. Era gris, pero con motas de colores y un matiz plateado que combinaba perfectamente con el traje.

–¿Sabes que las sedas de Kolovsky cambian dependiendo del estado de ánimo?

–Tonterías.

–Esta corbata era azul marino. Te lo juro. Y ahora es fría y gris –sonrió dulcemente–. Hace juego con tus ojos.

No podía dejar de mirarla. El vestido relucía como si fuese de oro y despedía destellos rojos al envolverla como un halo en movimiento.

–Tendré que ser muy cuidadosa para no mancharlo con nada, porque Katina jamás me lo perdonaría.

–¿No vas a quedarte con el vestido?

–¡Claro que no! Es solo un préstamo para esta noche... ¡Como yo! –le agarró la muñeca y miró su reloj–. Me tienes hasta las once.

Mejor hasta las once de la mañana, pensó Zakahr. Cuando la tenía tan cerca solo quería besarla. Sintió sus finos dedos alrededor de la muñeca, olió la fragancia de sus cabellos y contempló el vestido de seda, la curva de su cintura, la pálida piel que quedaba expuesta, sus piernas largas y esbeltas... Sintió el desesperado deseo de inclinar la cabeza y sellarle la piel con sus labios. Ansiaba el placer que le prometía aquella imagen tan apetecible. Lavinia era una mujer realmente hermosa... cuando guardaba silencio.

–¿No deberías cubrirte con algo? –no estaba familiarizado con el mundo de la moda, pero afortunadamente Lavinia lo conocía bien. Se puso el abrigo dorado, que le llegaba a las pantorrillas, y Zakahr estuvo a punto de mandar al infierno a Kolovsky, la cena y el protocolo y arrancarle la ropa allí mismo para poseerla en el suelo.

–Vamos –dijo ella. Parecía completamente ajena a la tensión. Se adelantó con sus altísimos tacones y lo informó de que tenían una reserva en un restaurante de lujo al que iban con frecuencia. Se trataba de un exclusivo restaurante vegetariano al que Aleksi solía llevar a sus invitados, lo que evitaba cualquier problema cultural con el menú.

–¿Nada de carne? –se quejó Zakahr con un suspiro.

–Ni de alcohol –le advirtió Lavinia.

–Ya he hecho esto antes, Lavinia –le aclaró al entrar en el ascensor.

–Estuviste a punto de no ir al aeropuerto –le recordó ella.

Los tacones la estaban matando, pero se distrajo charlando con Eddie mientras Zakahr mandaba mensajes con su móvil a las empresas de Europa, donde aún era de día.

–Estoy trabajando –le espetó él cuando ella soltó una fuerte carcajada.

–¡Todos estamos trabajando! –señaló ella, guiñándole un ojo a Eddie–. Pero algunos sabemos hacerlo con una sonrisa.

Unos minutos después ya no estuvo tan segura.

–La prensa está aquí –dijo, tragando saliva–. El restaurante es muy discreto. ¿Cómo han podido enterarse?

Pero al bajarse del coche descubrió que no eran los invitados reales quienes habían atraído la atención de los medios, sino el hombre que caminaba a su lado.

Estaba acostumbrada a las cámaras en una sesión de fotos, pero no a verse rodeada por un enjambre de periodistas con sus flashes cegadores. Durante unos terribles segundos no supo cómo reaccionar, temiendo que algún detalle se le hubiera pasado por alto al prepararse para la cena.

–Camina –le ordenó Zakahr como si fuera lo más natural del mundo, pero las piernas no le obedecían y él la rodeó con un brazo para guiarla.

Al sentir su mano en la cintura casi se lanzó a la masa de periodistas. Sentía más su mano que el espantoso dolor de pies.

–Vamos –había que subir veinticuatro escalones, y cada uno le costó un esfuerzo sobrehumano. Podía oler y sentir a Zakahr, pero lo que más la intranquilizaba era saber que él también sentía la tensión del momento.

Lo sabía porque al entrar en el restaurante vio que sus invitados aún no habían llegado y que solo estaban Zakahr y ella. La conversación, que hasta entonces había transcurrido con fluidez y naturalidad, se volvió horriblemente incómoda.

–Estarán al llegar –dijo, y le dedicó una sonrisa a un camarero, tan solo para distraerse–. ¿Podría tomar un poco de champán? –al pedirlo recordó la advertencia que le había hecho a Zakahr–. No, mejor que sea una Coca-Co... –tampoco, porque no podía tomar un refresco con aquel vestido–. Agua con gas, por favor.

Entonces miró a Zakahr y vio que le estaba sonriendo.

–Te conseguiré champán más tarde –le prometió, y, por primera vez en compañía de un hombre, Lavinia sintió que el suelo se movía bajo sus pies y que le costaba respirar. Los grises ojos de Zakahr ardían de atracción y deseo.

–Mejor agua –dijo–. Es más seguro.

Gracias a Dios sus invitados no tardaron en llegar

y Lavinia respiró aliviada cuando, tras levantarse para recibirlos, el séquito del rey la cambió sutilmente de sitio en la mesa. Hombres y mujeres se sentaban separadamente, y gracias a ello pudo concentrarse en la princesa.

A diferencia de la reina, la princesa Jasmine portaba un velo, como mandaba la tradición para las mujeres solteras en su pequeño y próspero país.

–Las mujeres de hoy saben lo que quieren –dijo la reina con una sonrisa–. Jasmine sabe exactamente qué vestido quiere para su boda, pero es difícil combinarlo con nuestras tradiciones. En la ceremonia se irá descubriendo lentamente el rostro. Y luego está el problema de las damas de honor: algunas están casadas, otras están prometidas y no todas proceden del mismo sitio... –sacudió la cabeza con exasperación–. Kolovsky es la única casa de diseño occidental en la que confiamos para cumplir nuestros deseos.

–Y así será –le aseguró Lavinia, antes de dirigirse a la princesa con sincero interés–. ¿Qué tipo de vestido deseas? Estoy impaciente por ver lo que hacen nuestros diseñadores.

A medida que transcurría la cena, Zakahr advirtió que sus hermanos habían pasado por alto una rara virtud en Lavinia. Podría haber sido una velada de lo más embarazosa, con Jasmine cubierta por el velo y Lavinia comiendo como un pajarito, pero todo el mundo hablaba y reía animadamente.

Sí, Lavinia hablaba más de la cuenta y en una ocasión incluso llegó a interrumpir a la reina, pero para

Zakahr supuso un gran alivio contar con ella. El rey Abdullah acaparaba la atención de Zakahr para hablar de negocios, y a él le resultaba más fácil hacerlo sabiendo que las otras invitadas no se estaban aburriendo. Al fin y al cabo, ¿quién mejor que Lavinia para hablar de bodas y vestidos? En ningún momento apartó la mirada mientras la princesa describía los vestidos para la ceremonia, y continuamente la interrumpía para pedirle más detalles, lo cual complacía enormemente a la princesa y a su madre.

–Mi hija está disfrutando mucho –observó el rey al oír las risas de la princesa y la reina–. Lavinia es encantadora.

Desde luego que lo era, pensó Zakahr, y en aquel momento Lavinia lo miró. Pero no le sonrió y desvió la mirada rápidamente.

Lavinia oía los brindis, las risas y los ruidos del restaurante, pero lo único que podía ver era al hombre arrebatadoramente atractivo que la acariciaba con la mirada desde el otro lado de la abarrotada mesa. Le ardieron las mejillas y se vio atrapada por su mirada. Le costó un enorme esfuerzo romper el contacto visual y concentrarse en la conversación.

En el restaurante hacía calor, y quizá la difícil semana que había vivido le estuviera pasando factura. El pulso le latía frenéticamente en las sienes y la sangre le ardía en las venas. Tomó un poco de pitaya, pero la fruta no le sirvió para refrescarse.

–Discúlpenme –se excusó para ir al baño y se mojó las manos con agua fría. Se sentó en el banco y se apretó los dedos contra los ojos en un desesperado intento por sofocar el pánico que la invadía.

Zakahr había derribado sus defensas una a una. Estaba entrenada para enfrentarse a cualquier hombre y mantenerlos a raya, pero Zakahr la había desarmado con una facilidad asombrosa.

Respiró profundamente y se dijo que podía hacerlo. Se levantó y se miró al gran espejo con marco dorado. Se observó el vestido, las joyas, los tirabuzones que empezaban a deshacerse, y deseó ser aquella mujer. Introducirse en el espejo y escapar. Abandonarse a los latidos de su cuerpo. Ser la mujer de mundo que Zakahr creía que era.

–¿Va todo bien? –le preguntó Zakahr cuando ella pasó a su lado.

Se habían servido los cafés y el ambiente era relajado y distendido. Jasmine se había cambiado de asiento y estaba hablando con su padre.

–Por supuesto. Ha sido una cena estupenda.

Realmente lo había sido. Tanto que el rey ni siquiera esperó a que acabase para devolverles la invitación.

–Nos gustaría invitarlos a cenar antes de regresar a nuestro país –le estrechó la mano a Zakahr–. El viaje ha merecido la pena, aunque debo admitir que tenía dudas al respecto. Quería que se ocuparan mis diseñadores y no veía por qué debíamos recurrir a ustedes. Normalmente es al revés.

Al salir del restaurante, Lavinia estaba tan cansada que le daba vueltas la cabeza, como si se hubiera bebido una botella de champán entera. Y los zapatos seguían matándola.

–¿Dónde está Eddie? –a diferencia de Zakahr, ella sí que había notado que el chófer de la limusina no era el mismo.

–Ha tenido que marcharse –el nuevo chófer era mucho más refinado que Eddie y evitó cortésmente responder a más preguntas.

Zakahr se sentó frente a ella y vio que se quitaba los zapatos y suspiraba de alivio con una expresión de goce. Estaba seguro de que muy pronto volvería a ver esa expresión en su cara.

–¿Adónde vamos? –le preguntó ella al advertir que tomaban una ruta desconocida.

–Te dije que habría champán.

–¡Nada de champán! –exclamó Lavinia con una sonrisa–. Tengo que irme a casa –en vez de bajar la pantalla, pulsó el botón del intercomunicador para darle las instrucciones al chófer.

La limusina se detuvo junto al edificio de aparcamientos donde el personal dejaba sus coches. A esa hora estaba cerrado y los vehículos únicamente podían salir. El chófer titubeó ante la idea de dejar que Lavinia atravesara sola aquella jungla de cemento.

–Señor, ¿le importaría esperar un momento mientras acompaño a la señorita...?

–Yo la acompaño –dijo Zakahr.

Lavinia no se intimidaba fácilmente. Estaba acostumbrada a tratar con gente importante y a trabajar junto a hombres fuertes y varoniles, lo que le había permitido sobrevivir en Kolovsky. Pero mientras caminaba por el aparcamiento con los zapatos en la mano se sentía abrumada por la presencia de Zakahr junto a ella.

–Gracias –le dijo al llegar a su coche. Le sonrió y buscó las llaves en su bolso.

Zakahr vio que le caía un tirabuzón sobre los ojos

y tuvo que apretar los puños para no apartárselo. La actitud de Lavinia lo desconcertaba. Normalmente no se molestaba en tratar de entender a las mujeres. Para Zakahr, el juego de la seducción no era más que un medio para conseguir un fin.

Lavinia podía ser muy difícil en la oficina, pero en alguna que otra ocasión lo había hecho olvidarse de sus planes de venganza y del odio hacia su familia. Con ella era capaz de sonreír, de reír, y quería mucho más.

—¿Estás segura de que no quieres champán?

Ella se dispuso a rechazar la invitación, pero su cabeza no estaba de acuerdo.

Quería champán.

Quería acostarse con él.

Quería ser la mujer apasionada y sensual del espejo.

Debía de estar volviéndose loca.

—¿Lavinia?

Oyó su nombre, pero no levantó la vista y se quedó mirando las llaves. La voz de Zakahr estaba cargada de promesas, y lo que ella más deseaba era decirle que sí. Él le atrapó un mechón con sus dedos y ella no se movió, pensando en besarle la muñeca, en apretarse contra su pecho y perderse entre sus brazos.

Tenía miedo de mirarlo y que él viera la respuesta en sus ojos, pero aun así lo hizo. Conocía el peligro, pero la tentación era mucho más fuerte.

Giró la llave.

Un solo beso de buenas noches...

Zakahr agachó lentamente la cabeza, preguntándose si ella volvería a besarlo en la mejilla o si en aquella ocasión sus labios se encontrarían.

Ella no se echó hacia atrás ni apartó la cara. Pegó la frente a la suya. Al principio no movió la boca, pero lentamente sus labios lo recibieron, probó el sabor de Zakahr y se abandonó a las nuevas sensaciones que la embargaban.

Zakahr la besó con tanta suavidad y habilidad que no hacía falta experiencia alguna. Bastaba con aceptarlo y entregarse a las sensaciones. Y cuando recibió la recompensa de su lengua fue como beber de un manantial dorado. Nadie la había besado jamás. Se había pasado la vida manteniendo a raya a los hombres. Pero al fin sabía lo que era un beso. Y era como saborear el néctar de los dioses.

Los besos aburrían a Zakahr.

Había besado a más mujeres de las que podía recordar, y solo lo hacía como un breve paso preliminar. Pero aquel beso era distinto y lo animaba a demorarse. El sabor de Lavinia era increíblemente dulce y suave. Empezó a recorrerle el cuerpo con las manos, no para acelerar las cosas, sino para prolongar el momento lo más posible. Palpó su cintura y bajó hasta el trasero mientras entrelazaba la lengua con la suya. Lavinia era hermosa y sexy, pero demasiado delgada, como un fruto que aún estuviese verde, y Zakahr deseaba estar presente cuando madurase. Se imaginaba unas curvas más pronunciadas y voluptuosas que poder explorar a fondo, pero no podía pensar en eso. Porque con él solo cabían las aventuras de una noche.

Apartó la cabeza y, sin decir nada, la agarró de la

mano para llevarla otra vez a la limusina, donde podría besarla de nuevo de camino al hotel.

–Ven conmigo –no podía continuar besándola y tocándola en aquel lugar, y no lo haría–. Ven conmigo –le repitió entre dientes. El calor de su entrepierna se hacía insoportable y no había alivio posible en un aparcamiento, aunque estuviera desierto y a oscuras.

Para ella tampoco había alivio.

Quería ir con él. Siempre se había mostrado muy cauta con los hombres, pero aquella noche, con Zakahr, quería olvidarse de la precaución y ceder a los deseos de su cuerpo. Quería que la levantara en brazos y la llevara a su coche.

Quería que la depositara sobre sábanas de raso y que la colmara de un placer inimaginable.

Pero no podía hacerlo. Cuando sus labios se apartaron supo que aquella noche había acabado para ambos.

–Vamos –la acució él, hundiendo la mano en su trasero cuando ella se echó hacia atrás–. Vamos...

Lavinia no quería que se acabara. Pero no podía perder la cabeza en un aparcamiento a medianoche con un hombre al que no hacía ni una semana que conocía.

–No puedo.

Su rechazo le sonó frío y cruel. Podía sentir la excitación de Zakahr, sabía que ambos habían estado a punto de hacer una locura, y de repente ella cambiaba de opinión. Habría dado lo que hubiera sido por que la situación fuera distinta.

Se le habían caído las llaves al suelo. Y el bolso y

los zapatos. Se agachó para recogerlo todo, muerta de vergüenza por la imagen frívola y casquivana que debía de estar dando.

—No juegues conmigo, Lavinia.

—No lo hago —murmuró ella, pero sí lo había hecho, participando en un beso que se les había ido de las manos—. Tenemos que trabajar juntos...

«También trabajaste para Aleksi», estuvo a punto de espetarle Zakahr. Pero optó por tragarse el mordaz comentario. No la comprendía ni sabía a qué juego estaba jugando. Solo sabía que estaba jugando.

—No me parece apropiado ir contigo a tu hotel.

—¿Por qué no? —preguntó él, y esa vez no consiguió morderse la lengua—. ¿Es que prefieres los aparcamientos?

Capítulo 8

SOLO había sido un beso. A punto estuvo de convencerse de ello al aparcar en su plaza reservada, ardiendo de vergüenza por lo que había sucedido en aquel preciso lugar.

Él pensaba que era una mujer fácil.

Si supiera la verdad...

Devolvió el vestido, el abrigo y los zapatos y subió en el ascensor a la oficina, preparándose para enfrentarse a él. Afrontaría la situación del único modo que sabía.

Entró en la oficina con veinte minutos de adelanto, vestida con una blusa gris perla bajo un traje de lino gris, zapatos de tacón, el pelo recogido, sombra de ojos plateada, unos cruasanes de chocolate y una radiante sonrisa en el rostro.

Si Zakahr esperaba que se mostrara avergonzada o incómoda estaba muy equivocado.

–Sobre lo de anoche... –le puso el café y un cruasán en la mesa y lo miró fijamente a los ojos–, me gustaría disculparme por mi comportamiento.

–Nuestro comportamiento –la corrigió él–. Fue cosa de ambos.

–Bueno, solo quiero que sepas que no fue propio de mí –intentó no fijarse en cómo arqueaba una

ceja–. La falta de sueño combinada con todas las be-
bidas energéticas que tomé ayer...

–No sabía que fueran tan potentes –repuso él, impresionado por que le hubiera sacado el tema–. Lavinia...

Cerró los ojos un momento. Debería aceptar sus
disculpas y seguir adelante. Pero estaba preocupado
por ella. En tres semanas, Lavinia perdería aquel empleo y alguien tenía que advertírselo.

–Puede que me precipitara al insistir en que fueras
mi asistente –tenía que elegir con mucho cuidado sus
palabras, para que ella no sospechara nada–. No me
imaginé que tuvieras tantos problemas, y no quiero
que mi asistente tenga que sobrevivir a base de bebi-
das energéticas.

–Anoche dormí muy bien.

Afortunada ella, pensó Zakahr, porque él seguía
viendo el beso cada vez que cerraba los ojos.

–La semana que viene será diferente. Esta tarde
voy a ver a Rachael y...

–Lavinia –la interrumpió él–. Necesito a alguien
que pueda trabajar sesenta horas a la semana y dejar
todo lo demás.

–¿Me estás despidiendo?

–Claro que no –deseó que a veces no fuera tan directa–. Te estoy sugiriendo que, dada tu situación,
empieces a buscar un trabajo con un horario más fle-
xible.

–¿Como cuál? –su expresión se ensombreció y
Zakahr no supo qué responderle–. Ya conoces mi expediente.

–Podría darte buenas referencias.

–¿Y qué dirías? ¿Que sé navegar por Internet? ¿Que compruebo mis e-mails cada hora?

–Eres muy buena en tu trabajo –Zakahr era consciente de que su falta de títulos le impediría encontrar otro trabajo donde le pagaran tan bien como en Kolovsky–. Eres muy sociable y simpática con los clientes...

–Y me encanta lo que hacía antes –concluyó ella–. Puedo volver a ese trabajo cuando contrates a otra asistente.

Zakahr no podía ayudarla sin revelar la verdad. Lo había intentado, pero se convenció de que el futuro de Lavinia no era responsabilidad suya.

–Muy bien –zanjó la conversación y miró la hora–. Tengo que bajar a Diseño.

Era una situación muy extraña. Normalmente cuando evaluaba una empresa, ya fuera para cerrarla o salvarla, elegía personalmente al personal para asegurarse de que todo funcionara sin problemas. Pero allí, en Kolovsky, tenía que ocuparse él mismo de la gestión diaria para guardar las apariencias hasta que llegara el momento de soltar la bomba.

Ojeó desganadamente las primeras imágenes del vestido de novia de la princesa Jasmine. No le suscitaban el menor interés, pero consiguió disimular y felicitar a los diseñadores. Al salir del departamento vio a Lavinia apoyada en la pared, hablando por el móvil. Debía de estar esperándolo, porque terminó la llamada al verlo.

–Tienes que dar tu visto bueno a unas fotos y firmar el contrato.

Zakahr hizo una mueca de hastío.

–Ahora –añadió ella, tendiéndole una carpeta–. Es la nueva colección. Y tiene que estar aprobada hoy.

–¿Vas a volver al despacho?

–No, es casi la hora de comer.

–¿Tan pronto?

–Es casi la una –Lavinia ignoró su sarcasmo y volvió a los documentos–. Fírmalos y los dejaré en Contratación. Esta tarde no estaré en la oficina. Katina tiene que elegirme un nuevo vestuario de noche –sonrió–. ¡Empieza a gustarme mi nuevo trabajo!

Zakahr estuvo a punto de preguntarle cómo era posible, si apenas se dejaba ver por la oficina, pero se daba cuenta de que con Lavinia no valía el sarcasmo. Era la persona más extraña que había conocido. Hermosa, pero directa.

–Es preciosa, ¿verdad? –comentó Lavinia, mirando las fotos por encima del hombro de Zakahr.

Él no estaba tan seguro. Rula podía ser preciosa, con su melena rojiza y sus ojos verdes, pero estaba extremadamente delgada. Ni siquiera las gruesas sedas de Kolovsky en que estaba envuelta conseguían engordar su figura.

–Demasiado delgada.

–Lo sé –dijo Lavinia con un suspiro que podría parecer de envidia–. No te imaginas cuánto me alegra no tener que hacerlo.

–¿El qué?

Ella se llevó dos dedos a la boca.

–Yo jamás podría hacer eso.

–¿Demasiado remilgada?

–¡Demasiado hambrienta!

–¿Eso era lo que Nina quería para ti?

Lavinia se encogió de hombros.

—No era para mí.

—Esta tarde les echaré un vistazo a estos documentos.

—¿Seguro? En ese caso, tengo diez minutos —Lavinia se detuvo en la puerta—. Voy a echar una ojeada. ¿Vienes?

—¿Cómo dices?

—Quiero ver la tela que ha elegido la princesa Jasmine.

—Acabo de soportar una presentación de media hora —y por poco no se había dormido de aburrimiento—. He visto las imágenes, los retales...

—No es lo mismo —empujó la puerta y entraron en una amplia sala con estanterías llenas de rollos de tela. Los códigos estaban en un ordenador, y el encargado los localizó rápidamente.

Lavinia pasó la mano por los rollos, visualizando por fin el resultado, y Zakahr permaneció callado y aburrido, sin molestarse en fingir interés.

—Gracias —le dijo Lavinia, satisfecha, de camino a la puerta. Pero de repente cambió de opinión, introdujo un código de acceso y abrió una puerta—. Mira.

Le señaló un largo pasillo de telas, y Zakahr la siguió por el laberinto de sedas y colores hasta que ella se detuvo.

—Esta es mi favorita.

Zakahr miró con desconcierto la tela.

—¿No es preciosa? —insistió ella—. Ivan se pasó meses confeccionándola... —había estado a punto de decir «tu padre», pero empleó el nombre de pila porque no quería irritar a Zakahr–. Es una de las telas originales que hicieron famosa a Casa Kolovsky.

–Es beige.

–No. Es color crema... y mira –deslizó la mano tras la tela–. Ahora es rosa. Se llama *koža*.

–Que significa «piel» –Zakahr sintió curiosidad. Tocó la tela y vio como cambiaba de rosa a dorado. El tacto era como una piel tersa y fresca, y por primera vez se dio cuenta de que era realmente hermosa. Siguió tocándola mientras se preguntaba cómo era posible que un trozo de tela pudiera ser tan erótico.

Y mientras veía a Lavinia acariciando la tela, se sintió como si lo estuviera tocando a él.

–Es divina, ¿verdad? –dijo ella–. Normalmente la usan para vestidos sencillos, sin cremalleras ni botones, o para camisones y picardías. ¡Es como no llevar nada!

Zakahr vio que deslizaba la mano bajo la tela, formando ondas, y se imaginó que era su piel la que estaba acariciando con sus dedos grandes y fuertes.

–¿Por qué? –le preguntó él con una voz no tan serena como le hubiera gustado–. ¿Por qué dices esas cosas?

–¡Pero si no he dicho nada! –exclamó ella–. Diga lo que diga es como si... –no podía explicarlo. Todo sonaba a insinuación.

–¿Qué quieres, Lavinia? –Zakahr ya sabía lo que él quería, y estaba convencido de que también ella quería algo.

–No lo sé –admitió. Quería que la besara y que le hiciera todo lo que habían estado a punto de hacer, pero estaba segura de que Zakahr perdería su deseo por ella si supiera la verdad–. Estoy intentando no pensar en ti.

–¿Y si dejaras de intentarlo? –le sugirió él–. ¿Por qué te resistes a algo tan bueno?

–¡Porque voy a ser madre! –dijo ella en tono jocoso, pero él no sonrió.

–Y pronto podrás ser una persona seria y responsable, podrás quedarte en casa todas las noches, pronto podrás despedirte de tus deseos....

–No soy así –arguyó ella. Zakahr estaba expresando todo lo que ella quería que ocurriera, todo lo que temía que ocurriera. Pero, si supiera lo aburrida que era, saldría huyendo despavorido.

–Lo dudo.

–¿Insinúas que debería alejarme de Rachael? ¿Abandonar lo que...?

–Claro que no. Pero ahora no tienes responsabilidades. Puedes ser egoísta y hacer lo que desees. Y me deseas a mí.

No era una pregunta. Y estaba en lo cierto.

–Me lo dijiste con tu boca –le recordó él.

–Fue solo un beso.

–Con tu lengua.

Ella no respondió.

–Y con tu cuerpo –añadió él, y vio que se ponía colorada al recordar la forma en que se había apretado contra su entrepierna–. Me lo dijiste con tu mano...

Levantó la mano, muy despacio, y se la deslizó en el interior de la chaqueta. A Lavinia se le endurecieron los pezones a través de la tela y sintió un alivio exquisito cuando sus frentes se tocaron.

Se había pasado toda la noche intentando olvidarlo, sin éxito.

–¿Por qué te resistes? –le preguntó Zakahr–. No
lo hagas –siguió acariciándola lentamente, y cuando
ella permaneció inmóvil introdujo la mano bajo la
blusa y la subió hasta sus pechos, sin rellenos y sin
sujetador.

Lavinia se moría por un mayor contacto. Sentía
una dolorosa palpitación entre las piernas. Deseaba
tanto a Zakahr que no intentaría detenerlo, pero él no
haría nada hasta que ella se lo suplicara.

A Zakahr le gustaba el sexo.

No los preliminares ni el bajón posterior, aunque
ninguna de sus amantes se había dado cuenta. Simplemente actuaba para conseguir lo que necesitaba,
y su amante obtenía lo que deseaba.

Pero allí, en aquel instante, descubrió que le gustaban los preámbulos y que se excitaba por el placer
de Lavinia.

Siguió acariciándola hasta que ella echó la cabeza
hacia atrás y de sus labios brotó una súplica. La acarició hasta que fue él quien deseó un mayor contacto.
Le subió la blusa, contempló sus bonitos pechos desnudos y agachó la cabeza.

Lavinia no podía creerse lo que estaba sintiendo.
Se apoyó en el rollo de tela que tenía detrás y observó embelesada cómo Zakahr le lamía el pezón.
Cerró los ojos cuando se lo metió en la boca y volvió
a abrirlos cuando tiró de él con los labios.

Zakahr estaba dolorosamente excitado. La única
solución era cesar el contacto de inmediato, y para
Lavinia fue un alivio y una lástima que lo hiciera.

–Tengo que irme.

–No –dijo él.

–Sí –se bajó la blusa y se cubrió con la chaqueta la mancha de humedad que tenía en el pecho–. Tengo que ir a ver a Rachael –aquello era una locura. Una completa locura–. Se supone que debo demostrarle a la señorita Hewitt que soy una mujer responsable –añadió con la voz ahogada, consciente de la ironía.

–Puedo acompañarte –sugirió Zakahr–. Si le haces creer que tienes una relación estable...

–¿Estable? –Lavinia soltó una carcajada incrédula–. Llevas la palabra «pasajera» escrita en la cara.

Él no se molestó en negarlo.

Una locura, se dijo Lavinia otra vez. Y muy peligrosa.

–Tengo que irme.

Se marchó a toda prisa y Zakahr no intentó detenerla, pues necesitaba poner distancia entre ambos.

¿Qué demonios le ocurría? ¿Cómo había podido pensar siquiera en acompañarla?

La quería en su cama, no en su cabeza.

Capítulo 9

TODO sería mucho más fácil si Lavinia tuviese la certeza de que Rachael quería estar con ella.

La recogió en casa de su familia de acogida, donde la encontró agazapada y desconfiada tras las piernas de su madre temporal.

—Está cansada —le explicó Rowena tras haberse presentado—. Ha tenido un gran día en el jardín de infancia.

—No estaremos fuera mucho tiempo —Lavinia se obligó a sonreír mientras le tendía la mano a su hermanastra, pero la niña no la aceptó.

Rachael siguió a Lavinia hasta el coche y dejó que le abrochara el cinturón de seguridad.

—He pensado que podríamos ir a tomar un batido —le propuso Lavinia.

—Odio la leche.

—¿Desde cuándo?

—¿No podemos ir al parque?

No fue tarea fácil, pues Lavinia no conocía la zona y acabaron en una triste franja de hierba reseca con un tobogán, un balancín y dos columpios oxidados, sin patos a la vista.

—¿Rowena se porta bien contigo? —le preguntó Lavinia, pero Rachael se limitó a encogerse de hombros–. Estoy intentando solucionarlo todo –le aseguró, pero la señorita Hewitt le había prohibido hablar de muchas cosas con ella.

–¿Cómo?

–Lo hago –respondió sin más–. Vamos al balancín.

No estuvieron ni una hora. Lavinia intentó convencerse de que se debía al cansancio de la niña, pero la verdad era que la situación se hacía insoportablemente tensa.

–Intentaré venir a verte la semana que viene –no quería hacer promesas que la señorita Hewitt no le permitiera cumplir. Aseguró a la niña en el asiento y se inclinó para darle un beso, pero Rachael apartó la cabeza.

La devolvió a su hogar de acogida, le dio un abrazo que no recibió respuesta y ella, que nunca lloraba, estuvo a punto de hacerlo mientras volvía al trabajo. La hora que había pasado con Rachael solo había servido para que la niña se distanciara aún más de ella.

Al entrar en el edificio corrió al baño, donde se sonó la nariz y se retocó el maquillaje. Aunque se lo podría haber ahorrado, pues nadie advirtió su llegada. La oficina estaba llena de gente del departamento legal y de contabilidad. Todos discutían acaloradamente, y Katina era la que más gritaba.

–*N'et* –tenía los labios blanquecinos por la ira–. ¡No puedes hacer esto! Es demasiado tarde.

–No voy a hacer nada –respondió secamente Zakahr. No necesitaba gritar ni alzar la voz para imponer su autoridad sobre el resto.

–¡Pero tienes que firmar! –insistió Katina–. ¡Tienes que...!

–No tengo que hacer nada –la interrumpió él, y

Lavinia se quedó helada al ver las fotos de Rula desperdigadas sobre la mesa, donde Zakahr tecleaba en su ordenador portátil, imperturbable, indiferente al caos que reinaba a su alrededor.

–Estás intentando llevar a la ruina a Casa Kolovsky –lo acusó Katina–. Ya lo intentaste con tus malos consejos a Nina, y ahora... –estaba tan furiosa que se le trababan las palabras–. Esta decisión será desastrosa para la empresa.

–¿Por qué? –Zakahr levantó la mirada–. ¿Por negarme a autorizar unas cuantas fotos? Esta no es la visión que yo tengo de Kolovsky –con una mano barrió las fotos sobre la mesa–. Y ahora, si me disculpáis, tengo trabajo que hacer... Os sugiero que hagáis lo mismo.

Katina, una de las mujeres más fuertes que Lavinia había conocido, se puso a llorar y abandonó el despacho.

–Acabas de tirar por la borda meses de trabajo –dijo Lavinia cuando se quedaron solos. Parecía que el corazón se le iba a salir del pecho, pero Zakahr seguía impertérrito, de pie junto a la ventana, mirando la ciudad. Tal vez no comprendía lo que acababa de hacer. O tal vez... Katina tuviera razón–. ¿Has venido para acabar con Kolovsky?

–No digas tonterías.

–¿Te parece que digo tonterías? Ya habías intentado destruir antes la empresa –vio que se ponía rígido–. Bombardeaste a Nina con sugerencias absurdas cuando ella aún no sabía que eras su hijo. Ibas a lanzar una gama de ropa de cama al mercado...

–Eso fue un hecho aislado –dijo él, sin volverse–.

Y parte de los beneficios iban a ir a una obra benéfica. ¿Qué sentido tendría destruir lo que es mío?

–¿Tal vez porque odias a tu madre?

La palabra «odio» sonaba extraña en labios de Lavinia. No había veneno ni rencor en su voz, tan solo
perplejidad.

–¿No te parece que estás exagerando? –Zakahr se
giró finalmente, irritado–. Esto no tiene nada que ver
con mi familia o con destruir la empresa. ¿A qué
viene tanto drama? He dicho que Rula puede volver
para otra sesión de fotos cuando gane un poco de
peso, o si no que se busquen a otra modelo. Me niego
a estampar mi firma en la foto de una anoréxica para
que sirva de ejemplo a las jóvenes.

–No puedes cambiar cómo funciona este mundo.

–¿Ah, no? Pues yo creía que sí –la conversación
lo incomodaba. Despidió a Lavinia con un gesto y esperó a que saliera del despacho para apoyar la frente
en el cristal de la ventana.

Para mantener las apariencias habría sido mucho
más sensato firmar el contrato. Al cabo de una semana todo habría acabado y no habría ningún nuevo
rostro para Kolovsky. Pero algo le impedía ponerle
su nombre a aquella locura. No podía aprobar lo que
sus padres habían hecho.

Se giró cuando Lavinia volvió a entrar en el despacho.

–Lo he pensado y creo que tienes razón –sus palabras lo sorprendieron. La opinión de Lavinia no debería importarle, y tampoco necesitaba su aprobación.
Pero aun así experimentó una curiosa satisfacción–.
Estaba equivocada. Sí que puedes cambiar el mundo.

–¿Qué tal la visita? –le preguntó él, cambiando de tema para no tener que enfrentarse al sentimiento de culpabilidad. Lavinia confiaba en él. Confiaba en sus decisiones y en que sus intenciones buscaban el bien para todos. Por primera vez tuvo problemas para mirarla a los ojos.

–En un balancín del parque –respondió ella con una triste sonrisa–. Ha sido una situación muy incómoda. Puede que me esté engañando a mí misma al pensar que Rachael quiere vivir conmigo.

–No dudes de ti misma.

–¿Cómo no voy a hacerlo? A Rachael no le gusta estar conmigo.

Zakahr no quería involucrarse en aquella parte de su vida. Solo deseaba a Lavinia como mujer. Pero ella arrastraba mucho más y él sabía que podía ayudarla con sus conocimientos y experiencia. Tal vez pudiera hacerlo sin implicarse personalmente.

–Está resentida contigo.

–¿Conmigo?

–Apareces vestida con ropa bonita, oliendo a perfume, como un hada que acude a rescatarla pero que luego la abandona.

–No tengo elección.

–Solo te estoy diciendo cómo se siente ella. Seguramente prefiera que no vayas a verla.

–¿Cómo puedes decir eso?

Porque lo sabía. Porque lo había vivido.

–Cuando estaba en el orfanato una familia se interesó por mí. Era un chico bien parecido, inteligente... –su voz era fría y analítica–. Durante dos fines de semana seguidos me llevaron a su hotel e

hicieron todo lo posible por que disfrutara y me riera
—su expresión se oscureció al recordar el pasado.

—¿Quieres decir que no debería ir a verla? —Lavinia no soportaba lo que le estaba diciendo.

—Quiero decir que no debes dejar de verla por nada del mundo —le aclaró él—. Por muy arisca o desagradecida que se muestre contigo, tienes que demostrarle que siempre estarás ahí. Te está poniendo a prueba, esperando a que le demuestres que tiene razón.

—¿Razón en qué?

—En que no la quieres de verdad. En que un día dejarás de interesarte por ella. Rachael solo está acelerando lo que siente como algo inevitable.

—No pienso abandonarla por nada del mundo.

—Bien, porque la señorita Hewitt ha llamado mientras estabas fuera —Lavinia lo miró con los ojos como platos—. Solo ha hablado con Recepción, pero volverá a llamar la próxima semana para pedir referencias. Lo que significa que están considerando seriamente tu solicitud.

Al oírlo, Lavinia se olvidó de las fotos, de las modelos esqueléticas, del régimen de visitas, incluso del hombre arrebatadoramente apuesto que estaba ante ella. Porque el mayor sueño de su vida tal vez pudiera hacerse realidad.

—Me están tomando en serio —dijo con voz temblorosa, llevándose la mano a la boca—. Podría tenerla la semana que viene.

—No adelantes acontecimientos.

—Pero podría tenerla.

—Pues entonces disfruta de este fin de semana —le aconsejó Zakahr—. Has impresionado tanto al rey que ya no quiere invitarnos a una simple cena. Su yate está anclado en Sidney y nos ha pedido que seamos sus invitados el sábado.

Lavinia volvió de golpe a la realidad.

—No podemos.

—¿No te parece que sería muy descortés rechazar una invitación semejante?

—Tú puedes rechazarla —insistió Lavinia. Quería aceptar la invitación, pero un miedo atroz se lo impedía—. El rey lo entenderá...

—Tal vez yo quiera aceptarla —Zakahr hizo una pausa—. Y tal vez tú también.

Tenía que decírselo... Tenía que encontrar las palabras para explicarle que no era la mujer sensual y apasionada que él había tenido en sus brazos.

—¿En camarotes separados?

—Pues claro —Zakahr pareció ofenderse—. El rey no sería tan vulgar.

Lavinia pudo respirar finalmente, pero solo por un instante.

—Llamaré a su ayudante de campo.

—No he dicho que acepte.

—Pues no lo hagas.

Estaba atrapada. No por la franqueza de Zakahr, sino por su propio deseo. Atrapada porque, aunque él fuera peligroso, aunque ella debería negarse, aunque supiera que muy pronto él le rompería el corazón, por primera vez en su vida quería decir que sí y abandonarse sin reservas a la llamada del deseo.

—No creas que... —empezó a advertirle.

—Yo no creo nada.

Y era cierto. Él no creía nada.

Sencillamente, lo sabía.

Capítulo 10

CÓMO está tu hija? –le preguntó Lavinia a Eddie mientras el chófer le abría la puerta de la limusina. Aquel día le tocaba ser la invitada del rey, por lo que no podía ser ella quien condujera. Pero la limusina de Zakahr parecía fuera de lugar a las ocho de la mañana de un sábado en su calle de las afueras.

–¡Soy abuelo! –dijo Eddie con una sonrisa de orgullo, pero con un atisbo de inquietud–. Le han puesto Emily. Es diminuta, pero una luchadora nata.

Tenía que serlo. Lavinia sabía que Emily no solo había nacido prematuramente, sino también con un corazón muy delicado que habría que operar.

–Esto es para Emily –le entregó un paquete y otro más pequeño–. Y esto para la princesa Jasmine, pero diles que tengan cuidado porque es muy frágil.

Como su corazón, le dijo una voz interior al subirse a la limusina. Se sorprendió al encontrar allí a Zakahr.

–Creía que iríamos a recogerte.

–Hoy y esta noche eres mi invitada –le dijo él–. Y hay que tratarte como tal.

Aun así ocupó el asiento situado frente a él. La insinuación estaba muy clara. Aquel día no era su asistente, sino su invitada... y aquella noche sería su amante. Una amante que no tenía la menor experiencia sexual. De alguna manera tenía que encontrar el valor para decírselo.

Giró la cabeza e intentó pensar en algo ingenioso que decir, pero no se le ocurrió nada. Sabía que estaba jugando con fuego, pero por primera vez en su vida estaba con un hombre que la incitaba a explorar los sentimientos y experiencias que siempre había rechazado.

Miró brevemente a Zakahr de reojo. Mientras que ella había pasado una tarde frenética preparándose para la ocasión, depilándose y arreglándose el pelo, y eligiendo regalos para unos anfitriones que tenían de todo, él ni siquiera se había afeitado. Pero incluso con unos pantalones de lino gris marengo y una camisa blanca estaba tan atractivo como siempre. O tal vez más. No parecía haberle costado el menor esfuerzo conseguir aquella imagen relajada y elegante... todo lo contrario que Lavinia.

Estaba tan nerviosa que al final se puso a hablar con Eddie sobre su nieta, dándole su apoyo por los difíciles momentos que tendrían que pasar.

Zakahr se concentró en sus e-mails, intentando no escuchar que el yerno de Eddie pediría una baja laboral para estar con su mujer y su hija recién nacida, y que Eddie los ayudaría económicamente para que pudieran dedicarse a Emily sin preocuparse por las facturas.

No quería oír nada, y fue un alivio cuando llegaron al aeropuerto.

Al subir la escalerilla de un pequeño avión privado, Lavinia se detuvo un momento, invadida por otra clase de nervios.

—¿Estás bien? —le preguntó Zakahr detrás de ella, y Lavinia obligó a sus piernas a moverse y le sonrió a la tripulación.

El interior del aparato era divino, pero ni los cómodos asientos de cuero ni la mullida alfombra consiguieron tranquilizar a Lavinia. Deseó que Zakahr se pusiera a hojear un periódico para que ella pudiera cerrar los ojos, pero él la miraba fijamente mientras ella se tiraba del cinturón.

—¿Te da miedo volar?

—Eso parece.

—Solo es una hora de vuelo.

La hora más larga de su vida.

—¿Por qué no lo has dicho antes? —le preguntó Zakahr—. Podrías haber tomado algo para los nervios.

—No lo sabía. Nunca he viajado en avión.

—¿Nunca?

—Es la primera vez que voy a Sidney —se avergonzaba de admitirlo—. Así que no esperes que haga de guía turística.

Una vez más había conseguido sorprenderlo. Zakahr habría jurado que estaba acostumbrada a volar, pero al parecer era como una mariposa atrapada en la oficina.

—Es muy seguro.

—Sí, claro...

Zakahr recordó su primer vuelo, sin nervios, tan solo con la emoción de ir finalmente en busca de sus sueños. El hombre mayor que se hallaba sentado a su lado estuvo hablando con él durante todo el vuelo, y

Zakahr decidió hacer lo mismo con Lavinia. Le habló de esa primera experiencia, cuando siendo un adolescente sin apenas hablar inglés había viajado a Inglaterra con la esperanza de que lo recibiera un viejo amigo del orfanato, y con el miedo, no a volar, sino a que las autoridades no le permitieran entrar en el país.

E hizo otra cosa además de hablar. Le agarró la mano a Lavinia, y ella, al sentir su tacto caliente y seco, intentó imaginárselo como un joven valiente y decidido.

Zakahr siguió hablándole cuando les sirvieron un refrigerio. Lavinia eligió yogur con arándanos y una copa de champán con una flor de hibisco que abría sus pétalos al entrar en contacto con las burbujas.

–¿Cómo empezaste a trabajar si no estabas cualificado? –le preguntó con curiosidad.

–Mentí –dijo él con una sonrisa–. Pero solo al principio. Era muy listo y tenía confianza en mí mismo, y la gente valoraba esas cualidades –le contó cómo había trabajado sirviendo mesas y limpiando casas durante un año, mientras estudiaba no solo el idioma, sino también sus opciones, haciendo lo que hiciera falta para empezar a ascender. Cuando ahorró lo suficiente se compró un traje de segunda mano–. Pero no un traje cualquiera. Era más caro que un traje nuevo normal. Y con los zapatos adecuados, el maletín adecuado, el corte de pelo adecuado y la dirección adecuada...

–¿La dirección adecuada?

–Me aseguré de limpiar en la dirección adecuada. Cada mañana a las diez las cartas aterrizaban en el felpudo.

Lavinia ahogó una exclamación de asombro.

–Durante un año ahorré para prepararme. Tenía tres camisas, cinco corbatas, un traje... Con mi primera paga me compré otro traje de segunda mano, y al cabo de un año ya tenía mi primer traje a medida. Para entonces ya no tuve que mentir sobre mis cualificaciones, porque sabía que una vez que estuviera dentro no querrían perderme.

Lavinia estaba cada vez más impresionada.

–Comparada contigo, veo que yo elegí la forma aburrida.

–¿Aburrida?

–Yo nunca me he atrevido a mentir. Y como necesitaba un certificado para entrar en la universidad, acabada la escuela me inscribí a media jornada en un instituto de Educación Técnica y Superior. Me costó cuatro años graduarme.

–¿Sigues estudiando?

–Química. Aunque ahora apenas puedo dedicarle tiempo... y aún menos si me conceden la custodia de Rachael. A este paso quizá consiga mi título con treinta años.

–¿Estás cursando la carrera de Química?

–Muy despacio, pero sí.

Era como ver una película bonita y de repente verla con gafas tridimensionales. Todos los colores y matices que configuraban a Lavinia se veían amplificados con cada mirada, y Zakahr sabía que aún quedaba más por descubrir.

Se estaban preparando para aterrizar. Zakahr le ofreció la mano, pero ella se rio y no la aceptó.

–Ya no estoy nerviosa. Creo que me gusta volar, después de todo.

Era una mujer que se adaptaba a las circunstancias, pensó Zakahr mientras miraba por la ventanilla. Sidney se extendía hasta donde alcanzaba la vista, emplazada en la impresionante bahía. Era imposible permanecer insensible ante aquella espectacular vista. Lavinia se inclinó para mirar ella también y Zakahr olió sus cabellos y sintió su codo en el pecho. No quería que se apartara, y con gusto le habría desabrochado el cinturón para sentarla en su regazo.

Cuando Lavinia se apartó de la ventanilla, su mejilla pasó rozando la cara de Zakahr. Pero algo la hizo detenerse y girarse hacia él. Sus miradas se encontraron. El contacto sería la solución y también el problema. Si daban aquel paso liberarían una fuerza que Lavinia no creía poder controlar. Pero cuánto lo deseaba...

Fue ella quien lo besó. No fue un gesto atrevido, ni siquiera fue un primer beso, porque hacía tiempo que el deseo los había unido.

Besó los labios que tanto deseaba y que la deseaban a ella, saboreó el champán en la lengua de Zakahr y se olvidó de todo lo demás.

Zakahr había despertado algo en ella. Una pasión largamente ignorada y reprimida que pugnaba por alcanzar su culminación natural. La sangre le hervía en las venas y un fuerte hormigueo se le propagaba por la piel. Zakahr pronunció su nombre sin separar los labios y le agarró posesivamente el pelo mientras intensificaba el beso en una silenciosa promesa de lo que sucedería aquella noche.

Pero antes había que revelar la verdad. A Lavinia le costó separarse, pero la mujer atrevida y sensual a la que Zakahr acababa de besar era un producto que había creado él, y aquella noche sería demasiado tarde para las confesiones.

–Zakahr... –no sabía cómo decirlo, de modo que lo dijo sin más–. Será mi primera vez.

–¿Nunca has estado en un yate?

–No –respondió con impaciencia–. No me refiero a eso –respiró hondo–. Nunca me he acostado con nadie.

–Lavinia... –dijo él con una sonrisa de incredulidad–. Creo que ambos sabemos...

–¿Qué es lo que sabes, Zakahr? ¿O qué es lo que crees saber?

Fue entonces cuando Zakahr se dio cuenta de que estaba hablando en serio, aunque lo que dijera no tuviese ningún sentido.

–Conozco los rumores que circulan sobre mí –continuó ella–. Sé que todo el mundo piensa que me acostaba con Aleksi, y también con Levander, pero solo eran eso... rumores. La gente me juzga porque me gusta reír y coquetear con los hombres. Por eso todos me ven como una mujer fácil... –lo miró a los ojos–. Tú también.

–No, yo no –negó él inmediatamente. Aunque sus relaciones fueran pasajeras nunca les había faltado al respeto a sus amantes. Le habría encantado darles algo más de sí mismo, pero no había nada que dar. Solo sexo–. Tu forma de comportarte me llevó a pensar que me deseabas tanto como yo a ti. No fue tu rechazo lo que me ofendió, sino tus mensajes contradictorios. No puedes ir por ahí haciendo creer que...

–No lo hago. Solo he sido así contigo.

Sus palabras quedaron suspendidas entre ellos mientras tomaban tierra. Lavinia se pegó al asiento al sentir la fuerza del aterrizaje, pero no fue nada comparada con el poder que emanaba el hombre que se hallaba sentado junto a ella.

Zakahr no volvió a ofrecerle la mano. Al principio había pensado que estaba bromeando, pero no. Le había dicho la verdad. Y esa verdad era demasiado para él.

—No busco una relación —le dijo cuando el avión redujo la velocidad. Una sentencia concisa y crudamente clara.

Deseaba a Lavinia, pero a la Lavinia locuaz, provocativa y con sombra de ojos plateada. La que se reía de todo y le sacaba la lengua al mundo. La que conocía a los hombres y las reglas del juego. No a la Lavinia que parecía estar arrastrándolo a un mundo del que siempre había huido. Lavinia rezumaba sentimiento y emoción, algo que Zakahr evitaba como a una plaga. Por desgracia, no había forma de separar la una de la otra.

—¿Acaso te estoy pidiendo yo una relación?

Zakahr no contestó. Siempre había dado por hecho que las mujeres querían algo más que acostarse con él.

—¿No podemos ver qué ocurre? —preguntó ella—. Es posible que me concedan la custodia de Rachael cualquier día de estos.

Zakahr cerró los ojos y Lavinia se echó a reír.

—Por eso no quiero una relación contigo, Zakahr. Yo podría arriesgar mi corazón, pero jamás el de Rachael. Y contigo nunca podría sentirme segura.

El avión se detuvo y Zakahr vio por la ventanilla que el ayudante del rey estaba esperando en la pista. Se desabrochó el cinturón, impaciente por salir de allí, pero Lavinia lo agarró del brazo y lo miró fijamente a los ojos.

–En estos momentos de mi vida no puedo tener una relación seria, pero quiero estar contigo. Quiero pasar contigo un día y una noche. Quiero olvidar para poder recordar.

Él no podía responder. No sabía qué responder, porque quería más que un día. Su intención había sido proponerle una semana. Una semana para resolver su pasado y asegurar el futuro de Lavinia.

–Zakahr...

Él retiró el brazo y se levantó.

–Como te dije el primer día, no sabes con quién estás jugando –sacudió la cabeza, disgustado con ella por confiar en él–. Y te lo vuelvo a decir... Debes tener más cuidado.

No había tiempo para seguir hablando. El ayudante del rey los recibió en la pista para llevarlos a los muelles. Durante el camino mantuvieron una charla cortés, pero sin dirigirse la palabra entre ellos.

Lavinia sentía la tensión y la perplejidad de Zakahr, y solo cuando se bajaron del coche para dirigirse hacia el yate tuvieron ocasión de hablar.

–Tendrías que habérmelo dicho –le dijo él.

–No es un tema que se pueda sacar fácilmente. ¿Cuándo tendría que habértelo dicho?

–En el aparcamiento, aquella noche.

–¡No hacía ni una semana que te conocía! –replicó Lavinia, pero le ardieron las mejillas al recordar el

beso. No había sido la reacción habitual a un desconocido–. Pero que yo no encaje en tus extraños cri-
terios morales no significa que no podamos pasarlo
bien en el yate, ¿verdad?

Zakahr sabía que para él sería imposible pasarlo
bien en aquel yate.

El rey y su familia les dieron la bienvenida a bordo.
Jasmine iba sin velo y su risueño y bonito rostro ex-
presaba su alegría por ver a Lavinia de nuevo. No se
parecía en nada a la tímida princesa a la que habían
conocido. Las risas de las mujeres llenaban el aire
como el olor del mar mientras Zakahr tomaba un refrigerio con el rey en cubierta.

La imponente embarcación que sería su hogar
hasta el día siguiente zarpó del puerto Darling, y aunque gozaban de una de las vistas más espectaculares
del mundo, con el colosal Puente de la Bahía y el ma-
jestuoso edificio de la Ópera, la mirada de Zakahr
buscaba una y otra vez a Lavinia.

Ella tenía razón al acusarlo de haberla juzgado. No
solo por su trabajo o los rumores, sino también por
sus besos y el deseo que transmitía su cuerpo. Pero la
confesión de su virginidad lo complicaba todo.

Y a él no le gustaban las complicaciones. Una
aventura breve y apasionada con Lavinia lo habría
ayudado a aliviar el estrés del día. Pero Lavinia, lo
admitiera o no, quería una relación seria.

Los criados les mostraron sus aposentos. El día y
la noche que le pedía Lavinia no solo serían imposibles. Serían un infierno. Y todo por culpa de Zakahr
y sus detalladas instrucciones cuando aceptó la invitación.

Lavinia no sabía qué esperarse. Aparte de un trayecto en ferry a Tasmania nunca había estado en un barco, y aquel yate sobrepasaba sus fantasías más descabelladas.

Era tan lujoso como un hotel de cinco estrellas. Atravesaron un salón lleno de sofás, un bar con gigantescas pantallas de plasma y un vasto comedor donde, según le explicó Jasmine, cenarían aquella noche. Pero el almuerzo sería servido en cubierta. Había incluso una pista de baile.

Al bajar a la cubierta inferior un criado condujo a Zakahr a su suite y una doncella se llevó a Lavinia por un estrecho pasillo. Y Lavinia ahogó una exclamación de asombro al ver su camarote.

Una gran cama de columnas ocupaba el centro de la suite. Los muebles eran de nogal y había un jacuzzi a ras de suelo.

–Es increíble –se paseó por la estancia, abriendo puertas y cajones. Su ropa ya estaba en el armario y sus cosas de aseo, dispuestas en el cuarto de baño–. ¿Qué es esto? –preguntó, deteniéndose frente a otra puerta.

–El camarote contiguo –respondió Mara, bajando avergonzadamente la mirada. Le explicó que el almuerzo sería servido en breve y se marchó.

Era como tener un botón rojo con un letrero prohibiendo pulsarlo... Pero no era Lavinia la que se resistía a la tentación, sino Zakahr. Llamó a la puerta y la abrió. Zakahr estaba tendido en la cama, vestido y con el ceño fruncido.

–¡Hola, vecino!

Él no respondió.

–Descuida, no me colaré en tu habitación en mitad de la noche. Puedes dormir tranquilo.

–Ja, ja.

–Lamento haber frustrado tus planes –dijo ella, sentándose en el borde de la cama–. Pero ya te advertí que no dieras nada por sentado...

Zakahr cerró los ojos. Ella tenía razón. Había dado por ciertas muchas cosas. Tanto que le había pedido a Abigail que fuera el lunes. Su intención había sido tener a Lavinia en su cama hasta que él se marchara de Australia, pero solo por las noches. La miró, sentada en la cama. Qué fácil sería agarrarla y estrecharla contra él... Podía sentir un hilo entre ellos. Un hilo que podía tirar de ellos o romperse. Y Zakahr sabía que tenía que romperlo. No quedaba más remedio. Pertenecían a dos mundos distintos, a dos extremos opuestos, y muy pronto Lavinia tendría una niña a su cargo. Zakahr había intentado tener relaciones serias, y el resultado siempre había sido desastroso.

–Si has esperado tanto tiempo deberías esperar a estar con... –no pudo acabar la frase, porque no soportaba la idea de que Lavinia estuviera con otro hombre, ya fuera para una relación seria o una simple aventura.

–Será mejor que subamos a comer –dijo Lavinia, levantándose–. ¿Cómo es posible que nos hayan visto como una pareja y nos hayan dado habitaciones contiguas? –le guiñó un ojo antes de cerrar la puerta–. Nos vemos en cubierta.

El almuerzo fue bastante informal, con Lavinia charlando animadamente con Jasmine y las doncellas y los camareros sirviendo y retirando platos. Era delicioso estar en el mar, lejos de los problemas.

–¡Es guapísimo! –exclamó Lavinia al ver la foto del novio de Jasmine.

–Lo sé –corroboró Jasmine con una sonrisa–. Tengo suerte de ser la menor de cinco hijas. Mi padre decidió los matrimonios de mis hermanas mayores, pero por primera vez me dejó elegir a mí. Es amigo de mi hermano –explicó Jazmine–. Fueron juntos a la universidad y a veces venía a palacio. Durante años estuve perdidamente enamorada de él, hasta que hace unos meses mi hermano habló con mi padre y le dijo que me moriría de pena si me casaba con el hombre que había elegido para mí. He sido bendecida con una familia maravillosa.

Zakahr se unió a ellas y la princesa le sonrió. También lo hizo Lavinia, pero por dentro se sentía dolida. Muchas veces se había preguntado cómo habría sido su vida de haber tenido hermanos y hermanas. Tenía amigos, naturalmente, pero todas sus amistades tenían familia, y en muchas ocasiones anhelaba tener una hermana a la que poder llamar, o con la que tomar café, o a la que visitar en Navidad.

–Le estaba diciendo a Lavinia qué bonito es tener una familia numerosa –Jasmine lo invitó cortésmente a participar en la conversación, pero él declinó respetuosamente.

–Ha sido un placer conocerlos.

Estuvieron hablando unos minutos sobre el primo del rey, quien pasaba cuatro meses al año en Australia y que era el propietario del yate.

–Tengo que hablar con mi padre –Jasmine se ex-

cusó y Zakahr reveló entonces el verdadero motivo
que lo había llevado allí. Había visto que Lavinia se
estaba quemando los hombros y la cara.

–Tienes que darte crema.

–¡Ya lo sé! Pero he olvidado traerla.

–Pregúntale a Jasmine si tiene alguna... –cosa improbable, pues Jasmine tenía la piel morena–. La necesitas.

–No me atrevo a pedírselo –admitió Lavinia–. Son
tan amables que seguramente manden a alguien en
helicóptero a buscarla...

–Yo me encargo –Zakahr se marchó y volvió al
cabo de unos minutos con un frasco–. Van a llevar
además *after sun* a tu camarote.

–No sé si se le podría llamar «camarote».

La gente empezaba a quedarse dormida. El sol de
la tarde era demasiado fuerte para permanecer en cubierta y el rey anunció que se retiraba a descansar un
poco. Jasmine quería ver una película, y Lavinia opi-
naba igual que el monarca.

–Nos encontraremos a las siete para cenar –les informó la madre de Jasmine–. Disfruta del yate cuanto
quieras, Lavinia.

Eran gente encantadora y la dispensaban de tener
que hablar y entretenerlos hasta la hora de acostarse.
La reina se sentó a la sombra con un libro, Jasmine
y sus doncellas se acomodaron para ver una película
y Lavinia se retiró al frescor de su suite. Se quitó la
ropa e hizo una mueca al ver sus hombros enrojeci-
dos. Aún no le escocían, pero por la noche le dolerían
horrores.

Se aplicó la loción de aloe vera y juró que no volvería a salir sin protector solar. A continuación se tumbó en la cama y se deleitó con el suave balanceo del yate. Estaba relajada, pero no del todo. Sentía la cercana presencia de Zakahr, y no dejaba de pensar en cómo había reaccionado a su confesión.

Ella quería que le hiciera el amor. Quería que él fuese el primero. Zakahr se había apoderado de sus pensamientos como ningún otro hombre había hecho jamás. Con él, se sentía plena y realizada.

Le había hablado de su pasado, de su presente y de sus esperanzas para el futuro.

No era Zakahr quien la tenía fascinada.

Ni tampoco Belenki, el empresario.

Ni Riminic, que había elegido reinventarse.

Era todo el conjunto. La sonrisa que le producía un vuelco en el estómago, su ironía, sus destellos de humor, su lado más suave y protector...

–¿Lavinia?

Zakahr no quería entrar en su camarote, pero eran más de las seis y no se oía ningún ruido en la suite contigua, por lo que pensó que le tocaba a él despertarla. A diferencia de Lavinia, Zakahr no tenía necesidad de descansar, ni tampoco el menor deseo de charlar con sus anfitriones. La verdad era que no sabía cómo relajarse. Había pensado pasar la tarde en la cama, pero no solo.

–¡Lavinia! –volvió a llamar y abrió la puerta–. Son más de las seis.

Lavinia se despertó y comprobó con horror que tenía menos de una hora para prepararse para la cena, y en esa ocasión no contaba con la ayuda de Katina o del peluquero. El sol, el mar y el champán que había tomado en el avión le garantizaron una siesta reparadora, pero excesivamente larga. Se incorporó y vio a Zakahr en la puerta.

–Dios... –intentó no fijarse demasiado... Estaba desnudo de la cintura para arriba y era más sexy y atractivo que cualquier modelo. Una ligera capa de vello le oscurecía la pálida piel del pecho y bajaba hacia los arrugados pantalones de lino–. ¿Por qué no me has despertado?

–¡Estoy intentando abandonar esa costumbre!

No había tiempo para pensar en una respuesta. Saltó de la cama y gimió de dolor al sentir los tirantes del sujetador en los hombros quemados. Un momento después se le escapó un segundo gemido cuando Zakahr se giró y ella vio las cicatrices que le recorrían la espalda.

Él debió de oírla, porque endureció los músculos e hizo ademán de volver la cabeza, pero cambió de opinión y cerró la puerta tras él. Y Lavinia se quedó paralizada por unos instantes, intentando asimilar no solo lo que había visto, sino la reacción que le había provocado.

Ella nunca lloraba.

Con cinco años había descubierto que de nada servía malgastar lágrimas. Era mucho más productivo sonreír y seguir adelante. Por tanto, eligió ser feliz y se liberó del rencor y la ira.

Pero en esos momentos sentía una furia asesina hacia Nina, hacia Ivan, hacia todos ellos, hacia cualquiera que hubiese tocado a Zakahr. Era la misma furia salvaje y posesiva que la invadió al descubrir las heridas de Rachael.

Pero Zakahr no era una niña indefensa, sino un hombre que no necesitaba su protección ni su compasión. De modo que se tragó las lágrimas, se puso crema en las quemaduras y se concentró en arreglarse. Acababa de ponerse el vestido cuando Zakahr llamó a la puerta.

–Tenemos que subir.

Lavinia temía haberse vestido demasiado, pero al ver a Zakahr se tranquilizó. Se había afeitado y lucía un traje impecable, listo para cenar con el rey. A Lavinia se le aceleraron los latidos y se imaginó en sus brazos, besándolo, haciendo el amor con él. Eran pensamientos que no tenían nada de recatado ni virginal.

–Dos minutos –dijo ella.

–Uno –consintió Zakahr, aunque Lavinia ya estaba enfundada en un vestido negro de encaje y terciopelo, con sus rubios cabellos perfumados cayendo sobre los hombros–. Te queda muy bien el vestido –le dijo en tono inexpresivo, intentando contener el impulso de desnudarla allí mismo–. El estampado...

Lavinia se echó a reír.

–Se llama «devoré». Tienes mucho que aprender.

Y también ella, pensó Zakahr, invadido por un deseo salvaje de adiestrarla.

–¿Qué es eso? –le preguntó cuando ella se puso los zapatos y recogió del tocador un paquete envuelto en papel de regalo.

–Un regalo para Jasmine.

–Pensaba enviarle un regalo el lunes.

–Desde luego... –dijo ella mientras se ajustaba el vestido ante el espejo–. Mejor dicho, me pedirás que busque algo muy bonito, elegante y caro para agradecerle al rey su hospitalidad. Esto solo es un pequeño detalle para Jasmine.

Zakahr percibió un ligero tono de mofa en su voz, pero decidió ignorarlo y los dos subieron al comedor.

El edificio iluminado de la Ópera ofrecía un fondo de ensueño a una cena exquisita en compañía de sus simpáticos anfitriones, pero las risas y la mujer que se encontraba sentada a su lado impidieron que Zakahr pudiera saborear el triunfo que se adivinaba tan cercano. Y se vio asaltado por los remordimientos cuando, acabada la cena, Lavinia le entregó su regalo a Jasmine.

–¿Recuerdas lo que te conté de nuestras tradiciones? –Zakahr vio que se ponía colorada, claramente avergonzada por el entusiasmo de Jasmine al abrir el paquete–. Es solo un pequeño detalle...

–Es preciosa –dijo Jasmine, admirando la pequeña herradura de vidrio azul. Era ligera y frágil, pero había sido elegida con mucho cuidado. La princesa estaba encantada con su regalo.

–Es estupendo ver que mi hija ha hecho una amiga –le comentó el rey a Zakahr mientras paseaban por cubierta–. En nuestra posición siempre se está rodeado de gente, pero es muy difícil hacer amigos de verdad. Seguro que a ti te pasa lo mismo.

–Puede ser –admitió Zakahr.

Siguieron paseando y admirando la vista durante un rato, pero Zakahr solo podía pensar en Lavinia.

Y cuando el rey le dio las buenas noches y Zakahr

se quedó con la vista perdida a lo lejos, se dio cuenta de que el rey tenía razón. Gracias a su posición y su fortuna nunca le faltaba la compañía, pero en aquellos momentos sentía que le faltaba algo. Había intentado no sonreír mientras Lavinia le contaba a la princesa las maravillas de las redes sociales. Le había hecho prometer que le enviaría las fotos de la boda y Jasmine había aceptado de mil amores. El rey estaba en lo cierto. Ya eran amigas y seguirían en contacto después de la boda... Y entonces recordó lo que había elegido olvidar aquella noche.

No habría amistad posible. Al cabo de una semana el nombre de Kolovsky sería una afrenta para el rey Abdullah. Se desataría un caos de terribles consecuencias y Lavinia se vería en medio del escándalo.

Tenía que sacarla de allí.

Capítulo 11

L AVINIA sonrió tristemente al entrar en su camarote de lujo y verlo lleno de velas encendidas. La cama estaba cubierta de pétalos, y aunque no se había servido alcohol en la cena, una botella de champán esperaba en una cubitera de hielo junto al jacuzzi, lleno de burbujas. Todo había sido obra de Zakahr, sin duda, quien debía de haber dado sus detalladas instrucciones antes de descubrir que ella era virgen.

Se había escabullido de cubierta mientras Zakahr hablaba con el rey, y al contemplar aquel idílico escenario no pudo evitar una carcajada. Se desnudó por completo y descorchó la botella de champán.

Zakahr la oyó al pasar por el pasillo y volvió a sentir el desesperado deseo de estar con ella y hacerle el amor, lo único que podía darle.

Entró en su camarote y se quitó la corbata. Había una copa de brandy esperándolo, la cual vació de un trago. Pero de nada le sirvió. Ninguna bebida podría ahogar sus emociones aquella noche, y menos la que lo impulsó a llamar a la puerta y esperar.

Lavinia estaba en el jacuzzi, con la copa de champán en la mano y el corazón en un puño, y lo invitó a pasar con un nudo en la garganta.

—Has estado ocupado —le dijo cuando él entró y se

quitó la chaqueta–. Creía que estarías hablando con el rey, no encendiendo velas y deshojando rosas.

Él miró las velas, los pétalos, el jacuzzi y finalmente a ella.

–¡Veo que he hecho un buen trabajo! –dijo, en el mismo tono de broma–. No sabía que tuviera una faceta tan romántica –entonces se puso serio–. ¿Estás segura?

Estaba completamente segura.

Las burbujas se dispersaron y lentamente revelaron su cuerpo a la mirada de Zakahr. Pero no sentía vergüenza alguna. Al contrario. Nunca en su vida se había sentido más segura. Zakahr era el único hombre con quien se imaginaba en una situación semejante. Sí, como stripper se había desnudado ante muchos hombres, pero únicamente había expuesto su cuerpo. Con Zakahr se mostraba toda ella.

–Estoy un poco asustada –confesó–. No por ti, sino por... eso.

–Dejarás de estarlo muy pronto –sus palabras transmitían seguridad y tranquilidad, y Lavinia lo creyó.

Zakahr le enjabonó los brazos, los hombros y el cuello, hasta borrar todo resto de maquillaje, y vio lo joven y vulnerable que era Lavinia realmente, por muy dura que fuese a veces. Se alegraba de ser él a quien fuera a entregarse, porque todos sus temores desaparecerían en cuanto estuviese dentro de ella.

Tiró del tapón y la ayudó a levantarse. Lavinia nunca se había avergonzado de su cuerpo, pero en aquel momento, al sentir los ojos de Zakahr recorriéndola con un extraño brillo de afecto más que de lascivia, experimentó una sensación de castidad desconocida hasta entonces. Estuvo tentada de cubrirse los pechos al salir del jacuzzi, pero Zakahr la apretó contra él para besarla y ella olvidó sus inseguridades al pegar el cuerpo mojado contra su camisa.

Fue un beso completamente distinto a los anteriores. Zakahr abrazó con fuerza su cuerpo desnudo, cálido y mojado, y con las manos recorrió su cintura, sus caderas y su trasero, hasta que la sintió estremecerse de frío y deseo.

–Vamos a la cama.

Lavinia no se había esperado tanta ternura y suavidad. Zakahr apartó las mantas y ella se tumbó, nerviosa, mientras él se quitaba la camisa empapada.

A pesar de las cicatrices, su cuerpo era un regalo para los ojos. Permaneció un momento de pie, permitiendo que lo admirase, antes de acostarse junto a ella. Durante un largo rato se limitó a abrazarla, hasta que finalmente se giró y la besó en la boca.

También aquel beso fue distinto. Lento y tentativo, destinado a que Lavinia se acostumbrara a estar con un hombre en la cama, los dos desnudos y pegados. Poco a poco fue aumentando de intensidad y haciendo que un calor delicioso se propagara por el cuerpo de Lavinia. Zakahr sabía a brandy, o quizá era ella. O tal vez los dos. Lavinia deslizó la pierna contra la suya y sintió la caricia de su vello y la dureza de su muslo. Y entonces él agachó la cabeza y empezó a lamerme el cuello. La atrapó entre sus piernas y Lavinia sintió el vello púbico entre la delicada piel de sus muslos y la longitud y dureza de su erección contra el vientre. Zakahr siguió descendiendo y atrapó un endurecido pezón con los labios mientras su mano se movía más abajo. Sentía el calor y los ner-

vios de Lavinia al lamerle el pezón y hurgarla suave-
mente con los dedos. Estaba él más nervioso que ella.
Siempre había usado protección, pero necesitaba sentir
aquel cuerpo virgen sin ningún tipo de obstáculo.

–¿Cuándo debe venirte la regla? –le preguntó al
oído.

–Estoy tomando la píldora...

–Nunca confíes en un hombre que te diga esto –le
advirtió, mirándola fijamente–. Solo en mí. Nunca he
hecho nada sin protección –era cierto, pero le estaba
arrebatando su inocencia y tendría que ser especialmente delicado. Y lo sería.

Ella podía confiar en él. En otra cosa tal vez no,
pero en aquello sí.

La punta estaba húmeda y Zakahr la empleó para
humedecerla a ella. Se frotó con cuidado contra su
entrepierna y ella permaneció inmóvil, expectante y
nerviosa. Él se pegó a ella, porque necesitaba besarla
a conciencia, y así lo hizo hasta que ella empezó a
ceder de manera inconsciente. Y luego siguió besándola un poco más.

La mente y el cuerpo lo acuciaban a avanzar. Quería
el placer y la liberación de Lavinia, y sin la barrera del
látex todo era mucho más intenso para él. Era consciente de que iba a ser el primero, y le susurró al oído
unas palabras que jamás había usado con una mujer.

Le dijo que era preciosa mientras le lamía el cuello, le dijo que no le haría daño mientras le besaba la
mejilla, y al introducirse un poco más en ella le susurró que nunca le haría daño, que no tuviera miedo,
que con él estaría segura...

Le llenó el cerebro de palabras cariñosas y tran-
quilizadoras.

Se movió muy despacio y ella empezó a aceptarlo. Con cada palabra y centímetro que avanzaba ella se iba abriendo más y más, y cuando estuvo completamente dentro de ella le colmó aún más los sentidos con las palabras que Lavinia ansiaba oír. Al propio Zakahr le sonaron sinceras y sentidas, y siguió diciéndoselas mientras ella levantaba las caderas y jadeaba en busca de aire, agitando frenéticamente la cabeza por el torrente de sensaciones desconocidas.

Zakahr la devoraba, la llenaba, la extasiaba con sus besos y embestidas. Todo era tan extraordinario y maravilloso que Lavinia quiso detenerse, porque de haberlo sabido no se le hubiera ocurrido hacerlo. No quería sentir aquella devoción por él, no quería romper las reglas por las que siempre se había regido. No quería entregarle su corazón...

Le clavó las uñas en la espalda y aceptó sus palabras y embestidas. El cuerpo le palpitaba furiosamente bajo el de Zakahr. Y cuando ambos alcanzaron el orgasmo y él se vació dentro de ella, Lavinia le mordió con fuerza el hombro para no decirlo. Porque no podía, no debía decirlo. Y él siguió abrazándola y besándola, hasta que ella se giró y se apartó, intentando recuperar el sentido común.

Pero aun así quería decírselo.

Zakahr volvió a abrazarla y la besó en el hombro. Así permanecieron, sin hablarse, sin moverse y sin dormir, y Lavinia tuvo que contenerse para que la verdad no brotase de sus labios. Una y otra vez se dijo que era imposible...

Pero no era imposible.

Había sucedido.

Amaba a Zakahr.

Capítulo 12

SE DESPERTÓ sin sentir el menor remordimiento.

Lo supo porque cuando se acostaba con alguien se despertaba con una sensación incómoda y con el deseo de estar solo en la cama. Pero aquella mañana no. Estaba de espaldas a ella, y normalmente se habría girado para ponerse boca arriba o se habría levantado de la cama. Pero era demasiado tarde, porque ella ya se había removido a su lado. Permaneció tendido en silencio, sintiendo las frías manos de Lavinia en la espalda, sus dedos acariciándole las cicatrices, y se preparó para lo inevitable. Las mismas preguntas de siempre, como si él fuera a girarse y compartir la parte más oscura de su vida.

Esperó las preguntas, pero no llegaron. Ella siguió acariciándolo, explorando sus marcas, y Zakahr se puso tenso al recordar que tenía que confiar en ella para que no se viese afectada por su plan. La confianza era un misterio para Zakahr.

Lavinia sintió la tensión de sus músculos, pero lo besó en la espalda, el hombro y el cuello, acuciándolo a darse la vuelta. Se estiró a su lado, desplegando los miembros de un cuerpo que aquella mañana sentía distinto. Bajó la mano por la cálida piel de Zakahr hasta su vientre y más abajo, hasta agarrar su erección matinal. Toda su vida había tenido miedo, pero con Zakahr no había de qué asustarse. Era perfecto en todos los sentidos.

En aquel punto era donde Zakahr se giraba y acababa con la intimidad del momento. Pero en vez de hacerlo se quedó inmóvil, dejando que Lavinia lo explorase, sin pensar en nada más que en ella. Se giró, pero no quería abandonar la cama ni apartarse de ella. Lavinia lo besó en el pecho y bajó con la boca hasta su erección. Zakahr no aguantó más. La agarró y tiró de ella hacia arriba para penetrarla.

La noche anterior lo habían hecho con cuidado y ternura, pero en aquel momento se había apoderado de ellos un deseo desbocado, salvaje, que los instigaba a perder el control y fundirse en un furioso torbellino de sensaciones a cada cual más intensa.

Zakahr sintió el orgasmo de Lavinia, empujó con fuerza y fue como si algo se hiciera pedazos dentro de él y entrara en un lugar desconocido. Oyó que ella gritaba su nombre y también él gritó el suyo.

Como una pareja.

Era una palabra que jamás había empleado, pero en medio del mejor orgasmo de su vida tuvo claro su significado. Tan claro que pudo verlo, mientras sentía los violentos temblores de Lavinia cuando ella lo arrastró hacia el centro de su ser.

Se quedó dentro de ella hasta que cesaron las sacudidas, pero ni siquiera entonces se retiró. Permaneció encima de ella unos instantes más, con sus manos en la espalda. Quería apartarse, levantarse, salir de allí. Aquella conexión lo estaba matando. Tenía que romper el vínculo. Pero no lo hizo. Su cuerpo se negaba a obedecer y no podía sacarse a Lavinia de la cabeza. Por tanto iba a tener que confiar en ella.

—Deberíamos levantarnos para desayunar —dijo ella—. ¿Cuándo nos marchamos?

—Dentro de un par de horas.

Lavinia le agarró la muñeca y miró su reloj.

—Mañana a esta hora estaré de vuelta en mi mesa —se quejó.

Tal vez no fuera tan difícil, pensó Zakahr.

—¿Por qué no te tomas unos días libres? —le propuso—. Así podrías concentrarte en Rachael —la vio fruncir el ceño—. Y quedarte conmigo...

—¿Cómo dices?

—Vivir conmigo.

Lavinia se echó a reír.

—Lo digo en serio. Acabas de quejarte de...

—Solo ha sido un comentario sin ninguna intención, Zakahr. ¿Por qué me pides eso? Dentro de poco quizá me convierta en la tutora de...

—Solo por una temporada —la interrumpió él—. Hasta que vuelva a Inglaterra.

Lavinia sabía que Zakahr nunca podría ser suyo, y había aceptado que aquello solo era algo temporal, pero ¿por qué tenía él que recordárselo tan pronto? Intentó adoptar un tono despreocupado para ocultar su profunda desazón.

—¿Y quién hará mi trabajo si lo dejo de repente?

—Por eso no te preocupes. El viernes llamé a Abigail, mi asistente. Debería estar en la oficina mañana.

—¿Que no me preocupe, dices? —Lavinia se incorporó y se abrazó las rodillas–. Me gusta mi trabajo, y lo necesito. No voy a dejarlo.

–Lavinia, te digo que no tienes que preocuparte por nada –insistió él, acariciándole los hombros y la espalda. Se alegraba de no haber firmado aquel contrato. Ella estaría mucho mejor fuera de la empresa–. Me gusta estar contigo y quiero que pasemos más tiempo juntos –nunca antes había hecho una confesión así–. Estoy intentando ayudarte... Muy pronto no habrá trabajo para nadie en la empresa.

Ella se quedó helada.

–Vas a destruir...

–Voy a cerrarla –aclaró Zakahr.

–Es lo mismo –estaba horrorizada. ¿Cómo iba a conseguir la custodia de Rachael o a mantenerla si no tenía trabajo?–. No puedo creer que vayas a hacer algo así –pensaba en sus colegas, en Nina, en las terribles consecuencias–. ¿Qué pasa con Jasmine? –eran sus anfitriones y Zakahr estaba planeando cerrar la empresa–. Va a casarse dentro de pocas semanas...

–Lavinia, llevo mucho tiempo preparando esto. Habrá indemnizaciones por despido para todo el mundo. No lo conviertas en algo personal...

–¡Es algo personal! ¡Se trata de su boda!

–Su padre encontrará el modo de solucionarlo. Solo es un vestido... –la conversación no se desarrollaba tan bien como había esperado, por lo que probó a tranquilizarla–. Y tú estarás bien, lejos de las disputas y problemas. Si te quedas conmigo no tendrás que buscar otro trabajo. Y, cuando yo me marche, podrás concentrarte en ti y en Rachael... Podrás acabar tus estudios y...

Lavinia se giró hacia él, echando fuego por los ojos.

—¿Vas a pagarme por ser tu amante?

—Quiero cuidar de ti.

—Me pagarás para que me acueste contigo...

—Lo estás enredando todo.

—No estoy enredando nada. Está muy claro.

—De esta manera... —empezó Zakahr, pero ella no le permitió continuar.

—De esa manera sería tu prostituta.

—No sabes lo que dices.

—En realidad sí que sé lo que digo. Soy una experta en el tema. Mi madre era prostituta, Zakahr. Yo he hecho todo lo posible por no acabar como ella, y ahora tú quieres convertirme en...

—Te estoy ofreciendo una oportunidad para cambiar tu vida.

—¿Para mejor? ¿Y qué pasará dentro de diez años, cuando tenga que pagar la gasolina o los libros de Rachael? ¿Estará justificado entonces? Me estás ofreciendo dinero, pero al mismo tiempo me arrebatas todo lo que esta noche ha tenido de especial.

Quería escupirle, pero no se rebajaría a su altura. Se levantó de un salto como si la cama estuviese en llamas y se envolvió con una sábana antes de girarse hacia él.

—No necesito tu caridad, Zakahr. Me das lástima... La única forma que tienes de conseguir afecto es pagando por ello.

Con gusto se hubiera vestido y marchado, pero desgraciadamente estaban a bordo de un yate, de modo que se encerró en el cuarto de baño y se frotó con vigor bajo la ducha para borrar el olor de Zakahr y las pruebas de lo que habían hecho. Estaba asqueada por lo que le había dicho. Era imposible sentirse más ofendida, y lo único que quería en esos momentos era largarse de allí.

Al salir de la ducha y envolverse con una toalla se preguntó cómo podría volver a la habitación y encararlo. No solo a él, sino también a Jasmine y al rey. ¿Cómo podía volver a la oficina sabiendo lo que iba a suceder? Tendría que enfrentarse a la situación del único modo que sabía hacerlo.

Zakahr oyó que Lavinia cerraba el grifo de la ducha y esperó a que saliera, pero ella se demoraba y por una vez en su vida Zakahr no sabía cómo reaccionar. Maldecía sus desafortunadas palabras, pero no el mensaje, porque realmente quería cuidar de ella. Y él no tenía que pagar por afecto. Las mujeres se arrojaban literalmente a sus brazos. Sin embargo...

Cerró los ojos. No quería ni necesitaba afecto. No quería intimar con nadie. Prefería el desapego que permitía el dinero. Permaneció en la cama, pensando en la mejor manera de tratar con Lavinia y en qué palabras podría usar para sosegarla, porque ella ya sabía demasiado. Decidió que la consolaría, le secaría las lágrimas e incluso le pediría disculpas si era necesario...

Pero, cuando la puerta del baño se abrió, se quedó estupefacto al verla.

No había ni rastro de lágrimas, se había maquillado y recogido el pelo en una coleta y, lo más sorprendente de todo, le sonreía sin el menor atisbo de embarazo mientras se quitaba la toalla y se ponía la ropa interior.

–Será mejor que te prepares –lo apremió mientras se ponía una sencilla blusa blanca y un traje de pantalón de color lila. Estaba impecable, increíblemente hermosa... y seguía sonriendo.

Pero lo peor era cómo lo miraba fijamente a los ojos. Zakahr se había esperado lágrimas, discusiones, gritos... incluso la posibilidad de que recapacitara y aceptase su oferta. Pero ella lo miraba, le sonreía y le hablaba como si no hubiera sucedido nada entre ellos. Como si disfrutase de su compañía. Para Zakahr fue como recibir un puñetazo en el estómago. Estaba actuando, como había hecho para los babosos ante los que se quitaba la ropa.

Lavinia, la verdadera Lavinia que él había empezado a vislumbrar, se había encerrado definitivamente en sí misma.

Capítulo 13

BUENOS días –el lunes por la mañana, Zakahr entró en la oficina y fue recibido por el delicioso olor a café recién hecho y un perfume exquisito. Los ordenadores estaban encendidos y en su mesa tenía abierta la agenda con los compromisos para aquel día. Y sintió un gran alivio cuando alzó la vista y vio a Abigail llevándole el café en vez de Lavinia.

El viaje de vuelta a Melbourne había sido espantoso. Lavinia había charlado de tonterías, le había dado las gracias cuando el coche la dejó en su casa y había cerrado la puerta sin mirar atrás.

No volvería a la oficina. Zakahr estaba seguro de eso. Y en cierto modo era mejor así. Porque sin la continua distracción de Lavinia él podría finalmente ejecutar sus planes.

–Quiero que todo esté arreglado para el fin de semana –le dijo a Abigail.

–Creía que teníamos más tiempo.

–Quiero acabar cuanto antes –necesitaba salir de allí lo antes posible, subirse al avión y marcharse a casa.

¿A casa? ¿Y dónde estaba su casa? ¿En Londres? ¿En Suiza? ¿Haría una parada en Singapur? Su familia estaba allí, en Australia.

Él no tenía familia, se recordó.

–Ha llamado Aleksi Kolovsky –lo informó Abigail–. Dijo que no era nada importante. Sigue de viaje de novios y solo llamaba para saber cómo va todo.

Zakahr hizo un gesto de indiferencia que Abigail conocía bien, después de haber trabajado juntos durante años. Abigail estaba felizmente casada, por lo que no se le ocurriría arriesgar su situación con preguntas impertinentes, a pesar de haber sido amantes.

–Es extraño –dijo ella con una sonrisa insinuante–. Los dos en Australia...

–No será por mucho tiempo. El viernes lo anunciaré en una rueda de prensa, pero hasta entonces intenta aparentar que todo sigue igual. Necesito, eso sí, que avises a los auditores. Quiero que el equipo esté aquí el fin de semana. Voy a marcharme en cuanto acabe la rueda de prensa.

Abigail frunció el ceño. Normalmente, Zakahr era el último en abandonar el barco. Siempre se quedaba para resolver los últimos detalles, responder preguntas y mantener a raya a los periodistas.

–¿No crees que serás necesario aquí? –le preguntó Abigail–. Al menos unos días.

–Ya he pasado aquí demasiado tiempo. Lo que queda solo es trabajo administrativo.

Se volvió hacia el ordenador y Abigail, que no era Lavinia, captó la indirecta y no preguntó nada más. Pero había una cosa que Zakahr necesitaba aclarar, de modo que salió del despacho para hablar con ella.

–Había una ayudante... Lavinia. No creo que vuelva, pero, si lo hace, no tiene que saber nada ni... –no acabó la frase, porque, justo en aquel instante, Lavinia entró en la oficina, igual que el primer día, ofreciendo una rápida disculpa por llegar tarde y portando un gran vaso de café. La única diferencia era que estaba completamente maquillada.

—Yo soy Lavinia —le ofreció la mano a Abigail, quien dudó un momento antes de aceptarla—. Pregúntame lo que necesites saber —pasó junto a Zakahr con una radiante sonrisa, le dio los buenos días y se dirigió hacia su antiguo despacho.

Lavinia había dejado muy claro que su relación era exclusivamente profesional, pero eso no significaba que todo fuese normal. Al fin y al cabo, estaba fingiendo. Despreciaba a Abigail, con su coqueta sonrisa y sus largas uñas rojas apoyadas más tiempo del necesario en el brazo de Zakahr. Despreciaba a aquella mujer tan leal a Zakahr que lo aceptaría sin dudarlo.

—El agente de Rula insiste en que el nuevo contrato esté firmado antes de que su clienta gane peso —estaba diciendo Abigail—. Llamaré a Katina para decirle que tengo aquí el contrato.

—Toma —Lavinia le ofreció algo de beber e hizo una mueca de conmiseración mientras Abigail hablaba con una furiosa Katina por teléfono.

—Lo firmará enseguida y lo enviaremos por correo —le dijo Abigail a la diseñadora jefe—. Podéis proceder con las modificaciones. Un momento... —le tendió una carpeta a Lavinia—. ¿Podrías pedirle a Zakahr que firme estos documentos? Él sabe de qué se trata —devolvió la atención al teléfono—. Ese es tu departamento. No se puede molestar a Zakahr con esos detalles.

Zakahr no levantó la vista cuando llamaron a la puerta y esta se abrió. Abigail había dicho que le llevaría los documentos, pero ya fuera por el olor, la forma de caminar o simplemente su presencia, supo que era Lavinia antes de que los papeles llegaran a su mesa.

—Tienes que firmar esto.

Zakahr miró sus uñas, perfectamente arregladas, su ropa impecable y su rostro maquillado. Ni rastro de lágrimas ni de malicia en sus ojos. No expresaban nada en absoluto.

Pero él sabía que estaba sufriendo por dentro. Y aunque no soportara verla así, se consolaba pensando que era lo mejor. Sus planes se estaban cumpliendo y muy pronto todo habría acabado y él podría retomar su vida. No sentía el menor remordimiento por su familia; para él no eran más que cifras y datos que manejar. Así tenía que ser. Y, sin embargo, una humilde ayudante se empeñaba en ponérselo difícil.

—Solo una cosa más —le dijo Lavinia cuando él se disponía a firmar—. Si sigues adelante con tus planes, has de saber que una simple firma tuya acabará con la carrera de Rula.

—Conseguirá otro trabajo.

—Rula será conocida como el rostro que Kolovsky no quiso. ¡Y gracias a este contrato ganará varios kilos!

—Mejor para su salud —firmó con una floritura y apretó los dientes mientras le devolvía los documentos a Lavinia.

—¿Te ha llamado ya?

—¿Por qué iba Rula a llamarme a mí? —preguntó él con impaciencia.

–Me refiero a la señorita Hewitt.

–No.

–¿Dijo que llamaría? –insistió ella, y por una fracción de segundo perdió el disimulo–. ¿O esto también formaba parte de tu plan para sacarme de aquí?

–No –era normal que sospechara de él. Y no era para menos, después de lo que habían compartido y de la repentina llegada de Abigail–. Te avisaré cuando llame.

No lo hizo.

Lavinia consiguió aguantar hasta el jueves, pero tenía que emplear toda su fuerza de voluntad en obligarse a ir a la oficina. No podía darle a Zakahr la satisfacción de su derrota, y además albergaba en su corazón una mínima esperanza de que Zakahr no siguiera adelante con su plan y fuera el hombre maravilloso que le había demostrado ser.

Mientras que ella seguía sonriendo y comportándose como antes, dedicándole una especial atención a su aspecto, a Zakahr no parecía importarle lo más mínimo. Había dejado de afeitarse, lo que por desgracia le confería una imagen aún más sexy. Y por primera vez desde que llegó a Kolovsky llevaba el mismo traje dos días seguidos, seguramente con la misma camisa y sin corbata. Lavinia se preguntaba de quién sería la cama de la que acababa de levantarse.

–Yo no acabo las cartas con «mis mejores deseos» –le dijo mientras ella buscaba ofertas de empleo en Internet, arrojando en la mesa un par de cartas que le había pedido que redactara.

–Y yo no soy tu mecanógrafa –respondió ella–. ¿Qué prefieres... «sinceramente suyo»?

La ironía le arrancó a Zakahr un atisbo de sonrisa. Aunque apenas se hablaban, cuando lo hacían era como antes.

–«Atentamente» –sugirió él, echando un vistazo al monitor–. ¿Encuentras algo interesante?

–Algunas cosas, pero tranquilo, que no te pediré referencias.

A Zakahr no debería causarle la menor inquietud. Pero más tarde, mientras repasaba la agenda del día siguiente con Abigail, sus pensamientos volvían una y otra vez a Lavinia.

¿Qué clase de futuro la aguardaba? Para los trabajos que había estado mirando se necesitaban unas cualificaciones de las que ella carecía. Era, tenía que admitirlo, una de las personas más despiertas que Zakahr había conocido, pero a poco podría aspirar sin títulos oficiales.

No le importaba. No era su problema. Nunca habría llegado tan lejos si se hubiera preocupado por la situación personal de sus empleados. Él había conseguido hacerse a sí mismo, y seguro que ella también podría hacerlo.

–Tu correo –le dijo Lavinia, entrando en el despacho para entregarle el correo personal, una de las pocas labores que aún podía realizar.

–Gracias –respondió él sin mirarla. Abigail permaneció en silencio, esperando claramente a que se marchara.

–Oh, Abigail –le dijo Lavinia dulcemente–. Han llamado del instituto de belleza. Pueden hacerte un hueco para depilarte las ingles, siempre que no necesites que te hagan todo el trasero. Les he dicho que no estaba segura y que los llamarías tú.

–Eso ha sido muy cruel –dijo Zakahr, sin poder evitar una sonrisa mientras una colorada Abigail se disculpaba para salir un momento.

–No –replicó Lavinia–. Ha sido una bendición. Acabo de hablar con Alannah por teléfono. Está bastante preocupada por la presencia de auditores internos en la tienda.

–Externos –la corrigió Zakahr–. Pertenecen a una agencia internacional con la que colaboro habitualmente. Dile cualquier cosa, no sé, que no confío en nadie más para la contabilidad y que no hay motivos para preocuparse.

–¿Quieres que le mienta?

–Tu trabajo es aparentar que todo sigue igual. Si no te ves capaz...

–Muy bien, se lo diré. De todos modos tenía que ir a la tienda. ¡Abigail me ha dado una lista interminable! –salió del despacho mientras Zakahr atendía una llamada y se enfrentó a una Abigail que la miraba con expresión asesina.

–Como vuelvas a hacerlo...

–¿Qué? –la retó Lavinia–. ¿Me despedirás?

–Se lo diré a Zakahr.

–¿Y qué vas a decirle? ¿Que soy una zorra? –se echó a reír–. No sabes lo que puedo llegar a ser...

Por desgracia, Zakahr eligió aquel momento para intervenir.

–Voy a hablar con Alannah yo mismo. Vamos.

Era la primera vez que estaban solos desde el fin

de semana, y, a pesar de ser una situación embarazosa, Zakahr sintió un gran alivio al salir de la oficina. En el coche se quedó observando a Lavinia mientras ella miraba por la ventanilla. Hasta que ella, tal
vez sintiéndose observada, se giró y le dedicó una
sonrisa.

–¿Cómo estás? –le preguntó él. A pesar de todo,
quería saberlo.

–¡Muy bien!

–Lavinia... –no soportaba su radiante sonrisa–.
¿Podrías dejar de actuar?

Nunca. Seguiría sonriendo, riendo y hablando.
Pero nunca más dejaría que él se acercara.

–Ha llamado la señorita Hewitt –dijo él, y ella inclinó ligeramente la cabeza–. Por eso quería sacarte
de la oficina. Le he confirmado que has trabajado
más de dos años en Kolovsky.

–¿Le has dicho que pasado mañana me quedaré
sin trabajo?

–Claro que no.

–Se enterará de todas formas. Tengo una cita con
ella a la hora de comer.

–Le he dicho que eres una persona responsable y...

Lavinia sacudió la cabeza. No quería ni necesitaba
oírlo. Abrió el panel divisorio y se puso a hablar con
Eddie de su nieta.

Cuando llegaron a su destino no esperó a que Eddie le abriera la puerta. Salió rápidamente de la limusina y fue ella quien abrió la pesada puerta de la
tienda mientras Zakahr intentaba no vacilar. Había
visto muchas sucursales de Kolovsky en sus viajes,
pero nunca había entrado en ninguna.

–¡Los mayores primero! –dijo Lavinia alegremente, pero no consiguió hacerlo sonreír.

Zakahr despachó rápidamente a Alannah y su equipo. En quince minutos había convencido al personal de que aquella auditoria no tenía nada de extraordinario y que los clientes no se darían cuenta de nada.

Lavinia compró los pedidos de Abigail. La lista que le había dado constaba de dos vestidos, una chaqueta, una blusa de seda, un abrigo y una preciosa bufanda de seda con la que Lavinia habría estado encantada de estrangularla. Costaba una fortuna, pero Abigail sabía muy bien que al día siguiente tendría un valor incalculable.

De camino a la salida, y como siempre hacía, Lavinia se fijó un momento en su vestido favorito. Zakahr advirtió la dirección de su mirada y acercó la mano a la prenda con un destello en los ojos.

–*Koža* –dijo ella–. Así es cuando está acabada... Es el efecto que intentaba explicarte.

No era más que un sencillo vestido, pero, por unos instantes, Zakahr se quedó fascinado con los pliegues de la tela. No había cremallera ni pinzas a la vista. Tan solo una costura en la espalda y dos finos tirantes.

–¿Cómo es posible?

–Magia –respondió Lavinia–. La tela se corta al bies –lo vio fruncir el ceño y probó con otro término–. ¿Al sesgo? –Zakahr no parecía entender nada y ella puso los ojos en blanco–. Eres un auténtico novato de la moda.

–Al menos yo no finjo lo contrario –repuso él, y

la sonrisa triunfal de Lavinia se desvaneció, reemplazada por un intenso rubor.

–Ya no tengo que seguir fingiendo... ¡Gracias a ti! –parecía dar a entender que compartiría su futuro con otra persona. A Zakahr no le gustó nada la insinuación, pero ella no siguió hablando del tema y se volvió de nuevo hacia el vestido–. Ivan era un verdadero genio.

–¿Cómo era? –Zakahr se sorprendió de preguntarlo, pero sabía que Lavinia le diría la verdad.

–Un tirano –respondió ella de inmediato–. Le bastaba con chasquear los dedos para tener a sus pies a todo el mundo. Le gustaban las mujeres y se las restregaba a Nina por la cara. Su última amante llegó incluso a estar con Nina junto a su lecho de muerte –lo pensó un momento–. Pobre Nina... Siempre fue una infeliz. Estoy segura de que se dio a la bebida y de que él le pegaba.

Zakahr deseó que dejara de hablar.

–Pero era un genio –paseó la mirada por la boutique y los increíbles diseños que la retorcida mente de Ivan había creado–. Y Nina lo amaba...

Salieron de la tienda, y antes de subirse a la limusina, Zakahr contempló el edificio azul cerúleo. Debería regodearse con su triunfo, pero entonces vio que también Lavinia estaba mirando el edificio, con una expresión ausente, y recordó cuánto habían cambiado las cosas desde la primera vez que compartieron una limusina.

El móvil de Lavinia recibió un mensaje de texto. Lo leyó y cerró un momento los ojos antes de sonreír.

–Jasmine.

A Zakahr le pareció ver un destello de lágrimas en sus ojos, y supo que a pesar de las sonrisas, la charla y la ropa estaba librando una terrible lucha interior.

–Mañana no te necesitaré en la oficina –le dijo para intentar facilitarle las cosas.

Ella permaneció unos segundos en silencio.

–¿Tendré que verlo en las noticias?

–Deberías presentar tu dimisión. Me aseguraré de que consigas una buena indemnización –vio que apretaba la mandíbula y trató de rectificar–. Una indemnización justa. Puedes alegar que dimitiste por principios al enterarte.

Fue un alivio para Lavinia.

A pesar de la inmensa tristeza que la invadía, sintió un gran alivio al escucharlo.

–¿Puedo volver esta tarde a por mis cosas?

–Claro.

–¿Podrías no estar allí?

Quiso morirse cuando Zakahr asintió.

Capítulo 14

AQUELLO no tenía nada que ver con Zakahr. Sentada ante la mesa de la señorita Hewitt, mientras sentía que su mundo se caía en pedazos, intentaba convencerse de que Zakahr no era el responsable.

–Tus referencias son magníficas, Lavinia –la alabó la señorita Hewitt–. Estoy impresionada del cambio que le has dado a tu vida, y no dudo que serías una buena tutora para Rachael. Pero nuestro trabajo es mantener unidas a las familias, y creemos que con un poco de ayuda Rachael podría...

Lavinia había suplicado hasta la saciedad, pero de nada había servido.

–¿Podré seguir viéndola?

–Por supuesto –la señorita Hewitt nunca se había mostrado tan amable–. He hablado con Rowena y le he sugerido que pases tiempo con ella esta tarde. Además, he incluido en mi informe una recomendación para que se quede contigo una noche a la semana. Para Rachael es muy importante contar con su hermana mayor, y nos tomamos ese papel muy en serio.

–¿Ya se ha tomado la decisión en firme?

–El lunes se discutirá el caso, pero quería avisarte para que estés preparada.

–¿Y no hay nada que pueda hacer?

–Lavinia... –la señorita Hewitt se quitó las gafas–. Puedes buscarte un abogado y plantar batalla, pero solo conseguirás retrasar lo inevitable. Esto no es un juicio. No se trata de ganar o perder. Se trata de conseguir lo mejor para Rachael.

Ella era lo mejor para Rachael. Se lo decía el corazón.

Y sería una buena madre. Así lo demostró durante la hora siguiente, porque, a pesar de estar destrozada por dentro, consiguió esbozar la mejor de sus sonrisas cuando recogió a Rachael.

–¿Adónde vamos? –le preguntó la niña una vez en el coche.

–Tenemos que ir a mi oficina para recoger unas cosas –tenía allí su neceser de maquillaje y su MP3, y aunque Zakahr le había prometido que no estaría en la oficina consideró oportuno prevenir a Rachael–. Mi jefe es un gruñón –le explicó al salir del coche–. Y espera a conocer a Abigail –hizo una mueca y se puso bizca, pero en aquel momento se abrieron las puertas del ascensor y apareció Zakahr.

Él miró a Rachael y apartó rápidamente la mirada.

No quería verla. No quería pensar en lo que les estaba haciendo a ellas dos.

Sintió la mirada de Rachael fija en él y deseó que el ascensor fuera más rápido.

–¿Este es tu jefe? –quiso saber Rachael. La niña muy rara vez iniciaba una conversación, y no podría haber escogido un momento más inoportuno.

–Sí.

–¿El gruñón? –insistió Rachael, y Lavinia no necesitó mirar a Zakahr para imaginarse su cara.

Zakahr estaba desesperado por salir del ascensor, pero cuando las puertas se abrieron recordó sus buenos modales y se apartó para que ellas salieran antes.

Ojalá no lo hubiera hecho, porque así tenía que caminar detrás de ellas y seguir viéndolas. Lavinia, rezumando belleza y glamour. Rachael, con calcetines sucios y desemparejados, una camiseta demasiado corta y unos pantalones cortos demasiado largos. Lavinia no había mentido al decir que a la niña no le llegaba la ropa que ella le compraba.

No quería ver nada más.

—No tardaré mucho —dijo Lavinia al llegar a la oficina—. Solo tengo que recoger mis cosas.

Zakahr pasó a su lado sin responder.

—¿Puedes sentarte un momento en el sofá mientras vacío mi mesa? —le preguntó Lavinia a la niña lo más animadamente que pudo.

Zakahr no aguantaba más.

En su trabajo jamás se implicaba personalmente. Solo le interesaban los números, no los problemas de salud de la nieta de Eddie, ni las dificultades económicas de Lavinia ni una niña llamada Rachael.

Se consoló pensando que al día siguiente todo habría acabado y él estaría alejándose de allí a bordo de un avión.

Pero no podía dejar de pensar en ello. Se había imaginado a Rachael como una versión en miniatura de Lavinia. Una niña rubia y preciosa, alegre y risueña. Pero se había quedado profundamente conmocionado al ver que Rachael... le recordaba a él.

Podía sentir la desconfianza de la pequeña, su miedo, su resignación, su desesperanza.

Zakahr donaba millones de dólares a obras benéficas, pero no había ninguna foto de él entregándole una gorra de béisbol a un niño. Siempre mantenía las distancias.

Estaba claro que Lavinia intentaba manipularlo.

Sin pensar en lo que hacía, la llamó por el interfono. Ella no respondió y salió del despacho a buscarla.

—¿Puedo hablar contigo un momento?

—Espera un segundo —le estaba dando a Rachael un vaso de agua y no permitió que él la atosigara. Zakahr volvió al despacho y se sentó a esperar. Los pocos minutos que transcurrieron se le hicieron eternos.

—¿Se puede saber a qué estás jugando? —le espetó en cuanto ella cerró la puerta—. Porque si estás utilizando a Rachael...

—No soy yo la que utiliza a las personas, Zakahr —tan directa como siempre—. Y en el improbable caso de que tengas remordimientos, déjame decirte que no me han concedido la custodia de Rachael, así que no afectará a su futuro que yo me quede sin trabajo. Y ahora, si me disculpas, tengo que recoger mis cosas.

—¿Va a volver con su padre?

—¡Sí! —respondió ella en tono despreocupado, pero era evidente el esfuerzo que estaba haciendo por disimular—. Se adaptará. Ah, y Zakahr...— le dedicó una fría sonrisa—. De camino hacia aquí he oído por la radio que se ha convocado una rueda de prensa para mañana. Disfruta de tu venganza... Espero que sea con lo que siempre has soñado.

—¿Qué te esperabas, Lavinia? ¿De verdad pensabas que había venido para arreglar las cosas con mi familia? ¿Tienes idea de lo que he...?

–Sé perfectamente lo que has pasado –exclamó ella–. Porque yo también lo he vivido, Zakahr. No te imaginas cuántas veces he deseado que mi madre me hubiera dado la espalda. Igual que debería hacer el padre de Rachael con ella.

–Lo que hizo Nina...

–Te diré lo que hizo Nina, la mujer a la que odias con toda tu alma. Hizo algo, muchas cosas de las que se arrepiente enormemente. Pero siempre será mi amiga.

–¿Tu amiga?

–Mi amiga. Me ofreció un trabajo decente y me dio la oportunidad de cambiar de vida. Yo no soñaba con bodas ni príncipes azules, Zakahr. Cuando estaba en la cama oía a mi madre con sus «amigos» y deseaba con todas mis fuerzas descubrir que me habían adoptado. Hasta hoy sigo lamentando que mi madre no hiciera lo que hizo Nina. Habría sido mucho mejor para mí, te lo aseguro.

–Te quiero, pequeña –le dijo Lavinia a Rachael, y la besó en la nariz quisiera ella o no–. Te quiero muchísimo –según la señorita Hewitt no debía presionarla demasiado, pero Rachael estaba sonriendo y Lavinia le hizo cosquillas hasta hacerla reír–. Te comería enterita, ¿sabes?

Era maravilloso ser hermanas. Una grande, la otra pequeña, una alegre, la otra seria, pero hermanas.

Y tenían que estar juntas.

No llevó a Rachael a tomar un batido, ni a los co-

lumpios del parque, ni tampoco la devolvió inmediatamente a casa de Rowena.

—¿Adónde vamos? —le preguntó Rachael en el ascensor de un gran centro comercial. Pasaron por la
sección de ropa, de juguetes y de libros, hasta llegar
finalmente a las camas.

—Tenemos que arreglar tu habitación —dijo Lavinia, intentando recordar cuánto saldo le quedaba en
la tarjeta de crédito—. Vamos a comprar las mantas
que más te gusten.

—¿Voy a vivir contigo? —la voz de su hermana transmitía una mezcla de esperanza, recelo y temor, y a
Lavinia se le rompía el corazón al no poder darle la
respuesta que ambas querían.

—De momento no. Pero voy a hacer lo posible por
que así sea —Rachael apretó los labios—. Y vas a tener
una habitación para ti sola en mi casa, aunque solo
puedas pasar una noche de vez en cuando o aunque
tengamos que esperar a que cumplas dieciséis años.
¡Vamos!

A pesar del dolor y la derrota, a pesar de que fueran a arrebatarle lo más preciado para ella, fue una
de las mejores horas de su vida.

No siguió las opiniones de los expertos, sino los
dictados de su corazón. Y también el consejo de Zakahr. Eligieron una alegre colcha verde y rosa, un
atrapasueños con forma de mariposa y el más barato
de los teléfonos móviles. Se llevaron las compras a
casa, hicieron la cama, colgaron las cortinas y Lavinia enseñó a Rachael a teclear un sencillo mensaje de
texto:

X.

—Te enviaré un beso todas las noches. Y, si tú quieres, puedes mandarme uno a mí.

Rachael probó a hacerlo y Lavinia recibió en el móvil el primer beso de su hermana.

—Vamos. Te llevaré con Rowena.

Y, cuando esa vez le ofreció la mano, Rachael la aceptó.

—¿Sabes? Creo que todo va a salir bien.

Intentó mantener la compostura, pero mientras atravesaban el jardín se le encogió dolorosamente el corazón cuando Rachael la miró desde abajo.

—Quiero estar contigo.

—Estarás bien —le aseguró Lavinia. Vio la sombra de Rowena acercándose a la puerta y se le detuvo el corazón al oír las siguientes palabras de Rachael.

—Lavinia... no quiero volver con él.

Sabía que a un niño no se le debían hacer promesas que no se pudieran cumplir, pero antes de entregársela a Rowena la abrazó con fuerza y le hizo una.

—Haré todo lo que pueda.

—¿Me lo prometes?

—Te lo prometo.

La soltó y le sonrió a Rowena, e incluso consiguió despedirse con la mano mientras se alejaba en el coche. Pero la súplica de Rachael era más de lo que podía soportar.

No había tiempo para derrumbarse, no había tiempo para llorar, ni siquiera había tiempo para pensar.

Lo único que sabía era que haría lo que fuera por aquella niña.

Lo que fuera.

Capítulo 15

PODÍA hacerlo, se dijo Lavinia mientras avanzaba con decisión sobre sus altos tacones.

Kevin quería dinero, mucho dinero, y ella sabía dónde conseguirlo. Solo tenía que pensar en cómo.

Vio su reflejo en el escaparate de Kolovsky, el sueño de cualquier mujer, y admiró unos instantes las sedas y los ópalos. Sería muy fácil apoyar la cabeza en el cristal y echarse a llorar, pero si empezaba no podría parar, de modo que entró en la tienda y escogió un chal Kolovsky, una de las últimas creaciones del fundador, Ivan Kolovsky. Tejido en dorado, rojo y ámbar con el mismo hilo que el vestido que había llevado la noche que besó a Zakahr por primera vez. El personal de la tienda la conocía, pero se sorprendieron cuando les dijo que lo cargaran en la cuenta de Zakahr Belenki.

–Y esto también –añadió un sencillo vestido *koža* y otro chal, de color turquesa con dibujos verdes y plateados. Sabía a quién le encantaría aquel chal.

Hizo caso omiso de las insistentes preguntas y demandas que le hacía Alannah por una firma y abandonó la tienda para ir en coche al hospital.

–Toma –le dijo a Nina, echándole el chal por los hombros–. Lo diseñó Ivan –alisó la tela sobre los delicados hombros de su amiga e intentó consolarla, pero Nina no paraba de llorar.

–Ha convocado una rueda de prensa para mañana. Se ha acabado. Mañana todo habrá acabado...

–Ya basta –le ordenó Lavinia, porque le recordaba demasiado a su madre.

–No ha venido a verme. Nunca me perdonará. Riminic no vendrá nunca a verme. Nunca me perdonará.

–¿Y qué? Puede que él nunca te perdone, pero tú sí que puedes perdonarte a ti misma. Hiciste algo horrible, pero también has hecho muchas cosas buenas. Mira cómo me has ayudado a mí. Me diste un buen trabajo, me ayudaste con Rachael...

–Quiero a mi hijo.

–¡Tienes a tu hijo! Te perdone o no, sigue siendo tu hijo –no había manera de razonar con ella. El médico entró con la medicación y Lavinia le pidió que esperara–. ¿Quieres más valium, Nina? ¿O por qué no una copa, como hacía mi madre? O quizá podrías levantarte, lavarte y...

–Duele –Nina se golpeó el pecho con la mano y Lavinia no pudo aguantarlo más.

–La vida duele. Pero no puedes rendirte. A veces se cometen errores, pero luego tienes que aprender a perdonarte.

Y lo mismo debía hacer ella.

Por primera vez en una semana, Zakahr se afeitó. Con una toalla alrededor de la cintura, intentó afeitarse sin mirarse al espejo.

Había elegido el traje para la ocasión, escrito y repasado su discurso y preparado el equipaje. Muy pronto todo habría acabado.

Entonces llamaron frenéticamente a la puerta.

Abrió y un torpedo en miniatura entró en su habitación.

—He cambiado de opinión —dijo Lavinia con voz jadeante, pero decidida—. Sobre esa oferta.

—¿Qué oferta?

—El dinero que me ofreciste.

—Lavinia... —dijo él en tono cansado—, me dejaste muy claro que el dinero era lo último que querías.

—Pues he cambiado de opinión —insistió ella, y empezó a prodigarle besos por la cara.

—Lavinia...

Se la quitó de encima y trató de mantenerla a raya. No quería nada con aquella mujer que le nublaba el juicio.

—Debería haberme imaginado que volverías a ser la misma de siempre.

—Soy la hija de mi madre.

—Márchate.

No podía hacerlo. Y no iba a hacerlo.

Se quitó el vestido y reveló el camisón de *koža* que llevaba debajo. Estaba temblando y sentía vergüenza, pero lo peor era que Zakahr permanecía impertérrito.

—Toma —dijo él, arrancando un cheque del talonario que había en la mesa—. Por la otra noche. Ahora vete de aquí.

Tenía lo que tanto quería, en la mano, pero no era suficiente. Nunca podría ser suficiente, porque no se trataba de dinero. Volvió a besarlo, apretando los labios contra su reacia boca, pero él apartó la cara.

–¿Es dinero lo que quieres, Lavinia? ¿O es sexo? –él la deseaba a ella, no lo que estaba haciendo. La agarró por las muñecas y volvió a apartarla, intentando salvarla de sí misma.

«Las dos cosas», estuvo a punto de decirle Lavinia. Pero había algo más. Algo que no se atrevía a reconocer.

No quería que se fuera, pero tenía que aceptar que a Zakahr ya no lo ataba nada a aquel lugar.

–¿Qué quieres, Lavinia?

–Esto no –admitió ella. Miró el cheque y se lo devolvió–. Gracias.

–¿Por qué?

–Por no dejarme hacerlo –cerró los ojos con fuerza–. Por favor, quédate con el cheque.

Él no hizo ademán de agarrarlo.

–No quiero conseguir dinero de esta manera... y lo más absurdo es que tú eres el único hombre con el que podría haberlo intentado... Me siento avergonzada.

–No has hecho nada.

–No es por eso –como él no aceptaba el cheque, lo arrugó en sus manos–. Me prometí que haría cualquier cosa para tener a Rachael conmigo, pero al final...

–No necesitas ese dinero –dijo él. Un comentario muy apropiado para un multimillonario.

Lavinia recogió el vestido y se puso los zapatos. Era imposible salir de allí con un mínimo de dignidad, así que miró a Zakahr a los ojos.

–Creía que te deseaba... –meneó la cabeza–. Pero

no es así. Quiero una familia para Rachael. Quiero que tenga primos, abuelos, tíos, hermanos... Quiero que tenga todo lo que yo nunca tuve, y todo lo que tú podrías tener.

Fue a abrir la puerta. Sabía que a veces hablaba más de la cuenta, pero no siempre podía evitarlo. Aunque en esa ocasión quizá no hubiera dicho nada... si la puerta no se hubiera atascado.

–¿Así que al pobrecito lo abandonaron de niño? –consiguió abrir la puerta y le lanzó una última y altiva mirada–. Supéralo de una vez.

Y salió de su vida, en tacones y con un camisón *koža*.

Capítulo 16

FUE la noche más larga de su vida.

Primero condujo hasta el hospital y se quedó esperando fuera, pues era demasiado tarde para entrar. Luego fue a casa de Iosef y vio desde la calle como se encendían y apagaban las luces, e incluso oyó el llanto de un bebé a medianoche. Después fue a casa de Annika, una hermana con la que apenas había hablado, y se sentó frente a la granja que compartía con Ross, su marido, escuchando a los caballos y deseando que la paz nocturna alcanzara su alma.

Según Lavinia, era posible.

A sus treinta y seis años, y tras pasarse toda su vida persiguiendo una venganza, le había dicho que podía ser feliz.

—No necesitas el dinero.

Había estado llamando a su puerta hasta que abrió, con el camisón *koža*, un recipiente de helado y una copa de vino. No parecía que hubiese estado llorando.

—He contratado a un abogado para que te ayude. Se pondrá en contacto contigo.

—Ya me ha llamado —dijo Lavinia—. Cree que tengo posibilidades.

–Tienes todas las de ganar –le corroboró Zakahr.

Entró... y por primera vez se sintió en casa.

El sofá estaba lleno de cosas, había un neceser de maquillaje en la mesita de centro, y una mujer que de alguna manera había conseguido llegar hasta él.

–¿Cómo voy a perdonarla? ¿Cómo puedo quedarme...?

–Elige hacerlo –le sugirió ella con una sonrisa cansada mientras le servía una copa de vino–. Tu madre solo tenía quince años –se sabía de memoria la historia de Nina, después de haberla escuchado durante tanto tiempo–. Al quedarse embarazada tuvo miedo y se lo ocultó a todo el mundo. Su familia era pobre y no la hubiera ayudado, e Ivan le dijo que no podían quedarse contigo –no se alargó con aquella parte, pues ambos conocían las consecuencias–. Estuvieron años sin verse. Ivan tuvo una aventura con su asistenta, la madre de Levander, y luego volvió a encontrarse con tu madre. Nina tenía diecinueve años y pronto se quedó embarazada de gemelos, pero la familia de Ivan se opuso al matrimonio al considerar que ella era inferior a él. Nina hizo lo posible por demostrarles que era digna de su hijo, y sabía que jamás la aceptarían si descubrían que ya había tenido un hijo con él. Tú debías de tener ya cuatro años.

Intentó imaginárselo con esa edad, pero fue un pensamiento triste.

–Un día, antes de abandonar Rusia, la madre de Levander fue a verlos y les suplicó que se lo llevaran con ellos, pero Nina no quiso aceptar a Levander si no podía tener a su propio hijo... Lo siento.

Y lo sentía realmente. Aquella historia no tenía

nada que ver con ella, pero lo sentía como si hubiera sido su vida.

–¿Cómo perdonaste tú a tu madre? –le preguntó él.

–No sé si la he perdonado o no... Lo único que hice fue desistir de intentar cambiarla. ¿Puedes perdonar a Nina?

–¿Te ayudó de verdad? –preguntó Zakahr a su vez.

–Me ayudaron todos. Fueron como una familia para mí –se calló un momento, porque una vez más había cometido un desliz–. No me refiero a una familia idílica, ni mucho menos. Siempre estamos discutiendo y...

–Como una verdadera familia, supongo.

Zakahr cerró los ojos. Las cicatrices de su espalda le resultaban más llevaderas sabiendo que Nina había ayudado a Lavinia.

–Te quiero –le dijo. Nunca había pensado que lo diría, ni tampoco Lavinia, quien al oírlo y sentirlo se quedó, por una vez en su vida, sin palabras.

Zakahr no sabía cómo interpretar su silencio, pero, si tenía que decírselo más claro, lo haría.

–Estoy loco por ti. Tanto que no puedo pensar en otra cosa. Con tal de tenerte renunciaría a todo, incluso a mi venganza.

Y entonces ella se subió a sus rodillas y lo besó. Fue un beso atrevido, apasionado y afectuoso; un beso de Lavinia, que comenzó en la boca y siguió por sus mejillas y cejas mientras entrelazaba los dedos en sus cabellos. Y él supo que era para siempre, que por fin podía ser él mismo, que el pasado no era algo de lo que debiera huir, sino aprender, y que un nuevo futuro lo aguardaba.

Ella lo besó con una mezcla de pasión y cariño, de paciencia y apremio. Sintió que Zakahr se liberaba de su pasado y recibía la promesa del futuro. Y también para ella fue un beso único y especial.

–Cásate conmigo –le pidió él. La quería a su lado para siempre.

–Con una condición –dijo ella, y se la susurró al oído.

Zakahr habría aceptado cualquier cosa, menos lo que le estaba pidiendo.

Cerró los ojos. ¿Cómo podía negarse? Volvió a abrirlos y vio la expresión inflexible de Lavinia.

Accedió a regañadientes, porque solo así podrían tener un futuro en común. Solo si hacía aquello por Lavinia su amor duraría para siempre.

Todos tendrían que esperar hasta la boda para descubrirlo.

Epílogo

LAVINIA no sentía vergüenza.

Era la novia y no le importaba lo que pensaran de ella.

De niña había soñado con aquel día cuando intentaba abstraerse de los ruidos que hacía su madre en la habitación contigua, y por tanto debía ser perfecto.

¡Perfecto!, le dijo a cada miembro de la familia Kolovsky. Si no eran capaces de dar el paso, ella no los quería en su boda... y la advertencia también incluía a Zakahr.

Los hermanos tendrían que llevar idénticas corbatas de seda Kolovsky, y también Ross, el marido de Annika, quien a su vez tendría que llevar los mismos zapatos de seda que Nina.

–¡Es demasiado! –se quejó Katina–. ¿Por qué no dejas que nos encarguemos de...?

–¡Es mi boda! –declaró Lavinia con vehemencia.

Y lo era.

El vestido diseñado para que lo luciera una novia Kolovsky fue retirado de la vitrina y arreglado para Lavinia, y era ciertamente el mejor vestido del mundo. Podía sentir las joyas que Ivan había cosido en el bajo.

De sus orejas colgaban pendientes de ópalo de Nina.

Y en la muñeca llevaba el reloj de su madre. Era lo único que Fleur no había querido empeñar. Se lo había regalado su mejor cliente, y Lavinia siempre había albergado la secreta esperanza de que aquel hombre fuera su padre. Y aquel día, el día de su boda, estaba segura de que lo era.

–Respira hondo –le aconsejó Hannah, la empleada del Ejército de Salvación que siempre la había ayudado y que sería la encargada de entregársela al novio en la ceremonia.

–¿Están todos? –preguntó Lavinia con inquietud. Quería que todos los Kolovsky compartieran aquel momento.

Los quería a todos, y su boda no podría ser perfecta si no estaba la familia al completo.

–Levander está ahí –dijo Hannah, asomándose a la iglesia. Era fácilmente localizable, ya que Zakahr lo había elegido para ser el padrino... Dos chicos criados en el orfanato que habían encontrado su camino gracias al amor.

–Yo estoy aquí –dijo Annika, la dama de honor–. Y he visto entrar a Aleksi y a Iosef.

–¿Están con Nina? –quiso saber Lavinia.

–Sí, están con ella –le aseguró Annika–. Ya puedes dejar de preocuparte.

Y, efectivamente, ante las puertas de la iglesia Lavinia descubrió que podía dejar de preocuparse. Zakahr no se había equivocado. Kevin se había negado a hacerse la prueba de ADN que había sugerido el abogado de Lavinia. Rachael no era hija suya, y la pequeña empezaba a acostumbrarse a su nueva y numerosa familia. Era demasiado tímida para ser una damita de honor, de modo que se quedó junto a Nina con una sonrisa iluminando su rostro.

–Estás fantástica –le dijo Annika a Lavinia. Debería sentir celos por la estrecha relación que tenían su madre y Lavinia, pero ¿cómo se podía sentir rencor hacia la mujer que había unido a una familia rota?–. Eres fantástica –añadió, dándole un beso.

La marcha por el pasillo de la iglesia fue el mejor paseo de su vida, pero Lavinia tuvo que refrenarse para no correr hacia el altar, donde la esperaba... él.

Zakahr le sonrió al verla. Era una sonrisa que le salía del alma, porque, a diferencia de sus hermanos, él conocía la verdad sobre Lavinia. Su virgen secreta caminando a su encuentro. Nunca en su vida se había sentido tan afortunado. El resentimiento era un lejano recuerdo. Su alma se había purificado y por aquel momento merecía la pena haber sufrido tanto. Porque sin dolor no habría podido experimentar una alegría semejante.

Conocía la historia de Lavinia y ella conocía la suya. Y a pesar de todas sus cicatrices, lo amaba.

Por eso haría cualquier cosa por ella.

–Estás preciosa –le dijo cuando llegó junto a él.

–¡Lo sé! –le sonrió y lo besó–. Tú también.

Lavinia apenas escuchó las palabras y los cánticos de la ceremonia. El corazón le latía desbocado y le temblaban las manos mientras se acercaban al momento culminante.

Zakahr le agarró las manos para tomarla como esposa y recordó lo que ella le había susurrado al oído la noche en que él se declaró.

Y al abrir la boca para pronunciar los votos vio

que aquella mujer radiante y feliz, posiblemente la mujer más peculiar que había conocido, estaba llorando. Lloraba porque sabía lo difícil que era para Zakahr hacer aquello, pero sabía que podía hacerlo.

Y él no la defraudó.

—Yo, Zakahr Riminic Kolovsky...

Lavinia oyó las exclamaciones ahogadas de los invitados. Se giró y vio a Nina abrazando a Rachael, llorando y sonriendo, y a todos los hermanos de Zakahr contemplando con orgullo la escena.

Y el amor desbordado que sentía por Zakahr hizo que se le trabara la lengua al pronunciar sus votos.

Fue una fiesta inolvidable.

La prensa se apiñaba en la puerta y un helicóptero sobrevolaba el recinto, pero a nadie le importaba. El amor se respiraba en el aire y Lavinia no paraba de bailar, charlar, comer e insistir en que todo el mundo siguiera bailando.

Zakahr no bailó con Nina, pero se tomaron juntos una copa y contemplaron a Lavinia, el único vínculo que los unía de momento. Aún no había perdonado a su madre, pero sabía que tarde o temprano lo haría.

Sería difícil, pero la recompensa sería aún mayor...

—¡No quiero quitarme el vestido! —exclamó Lavinia ante el espejo de la suite nupcial, mientras Zakahr la observaba desde la cama.

Se giró de costado y se pasó la mano por el vientre, liso, en busca de unos cambios imaginarios.

Zakahr reprimió una sonrisa. A Lavinia ni siquiera se le había retrasado aún el periodo y sin embargo insistía en que se sentía hinchada.

–¿Podemos tener muchos hijos?

–Todos los que quieras –respondió él–. ¡Y todos chicos! –añadió en broma, porque lo asustaba pensar en una legión de pequeñas Lavinias.

Ella sonrió y pensó en sus futuros retoños de ojos grises y pelo negro.

–Quiero tener una gran familia.

–Ya la tenemos –le recordó él.

Lavinia se sentó en la cama y Zakahr empezó a desabrocharle el vestido.

–Ellos son mi familia, pero me siento como si me estuviera casando con la tuya, señora Kolovsky.

–Dilo otra vez.

–Señora Kolovsky –repitió Zakahr obedientemente, bajándole el corpiño–. Señora Lavinia Kolovsky.

Ella hacía que fuera fácil decirlo... y convertirse en la persona que estaba destinada a ser. El único hombre que cambiaba su nombre el día de su boda.

Entonces se detuvo al ver los pechos desnudos de Lavinia, ligeramente más hinchados, y se dio cuenta de que Lavinia estaba en lo cierto. Su cuerpo empezaba a mostrar los cambios que cambiarían su vida para siempre.

–¿Qué ocurre? –le preguntó ella con una sonrisa.

–Todo –declaró Zakahr–. Lo eres todo para mí.

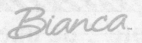

Acepte 2 de nuestras mejores novelas de amor GRATIS

¡Y reciba un regalo sorpresa!

Oferta especial de tiempo limitado

Rellene el cupón y envíelo a
Harlequin Reader Service®
3010 Walden Ave.
P.O. Box 1867
Buffalo, N.Y. 14240-1867

¡Si! Por favor, envíenme 2 novelas de amor de Harlequin (1 Bianca® y 1 Deseo®) gratis, más el regalo sorpresa. Luego remítanme 4 novelas nuevas todos los meses, las cuales recibiré mucho antes de que aparezcan en librerías, y factúrenme al bajo precio de $3,24 cada una, más $0,25 por envío e impuesto de ventas, si corresponde*. Este es el precio total, y es un ahorro de casi el 20% sobre el precio de portada. !Una oferta excelente! Entiendo que el hecho de aceptar estos libros y el regalo no me obliga en forma alguna a la compra de libros adicionales. Y también que puedo devolver cualquier envío y cancelar en cualquier momento. Aún si decido no comprar ningún otro libro de Harlequin, los 2 libros gratis y el regalo sorpresa son míos para siempre.

416 LBN DU7N

Nombre y apellido	(Por favor, letra de molde)

Dirección	Apartamento No.

Ciudad	Estado	Zona postal

Esta oferta se limita a un pedido por hogar y no está disponible para los subscriptores actuales de Deseo® y Bianca®.
*Los términos y precios quedan sujetos a cambios sin aviso previo.
Impuestos de ventas aplican en N.Y.

SPN-03

UNA BODA INOLVIDABLE

ROBYN GRADY

Scarlet Anders, que pertenecía a la élite de Washington y tenía una empresa de organización de eventos, siempre había tomado decisiones correctas, hasta que conoció al duro y sexy multimillonario Daniel McNeal y deseó poder tomar otras decisiones.

Entonces, un tropiezo con un velo de novia hizo que todo cambiase. Al perder la memoria, Scarlet se convirtió en una mujer despreocupada y decidió acceder a tener una aventura con Daniel. No obstante, cuando empezó a recordar, se dio cuenta de que estaba enamorada de él. ¿Aceptaría Daniel que ella organizase su propia boda?

El recuerdo de la pasión

¡YA EN TU PUNTO DE VENTA!